*Charles Dickens*

# DIE WEIHNACHTEN DES MR. SCROOGE

Aus dem Englischen von Carl Kolb

INSEL VERLAG

Umschlagfotos: Neil Denham/Trevillion Images;
gremlin/Getty Images

2. Auflage 2013

Erste Auflage 2011
insel taschenbuch 4062

Vertrieb durch den Suhrkamp Taschenbuch Verlag
Umschlag: bürosüd, München
Satz: Hümmer GmbH, Waldbüttelbrunn
Druck: CPI – Ebner & Spiegel, Ulm
Printed in Germany
ISBN 978-3-458-35762-9

Ebenezer Scrooge ist ein Geizkragen. Er behandelt seine Mitarbeiter schlecht, ist hartherzig gegenüber seinen Schuldnern und hat für seine Mitmenschen außer Mißtrauen nichts übrig. Auch an Weihnachten – für ihn ein wahrlich überflüssiges Fest – sitzt er am liebsten in seinem Büro und zählt Geld. Doch eines Heiligabends wird er von den Geistern der vergangenen, gegenwärtigen und zukünftigen Weihnachtsfeste heimgesucht. Sie zeigen ihm das Glück, das er durch seine Habgier und Selbstsucht versäumt hat, aber auch das jämmerliche Dasein und die Einsamkeit, die er fristen wird, falls er sein Leben nicht ändert. Schlechte Aussichten für Mr. Scrooge ... oder?

Charles Dickens wurde am 7. Februar 1812 in Landport, England, als zweites von acht Kindern geboren. Er wuchs in ärmlichen Familienverhältnissen auf und lernte schon früh Hunger und Not kennen. Er arbeitete als Schreiber bei einem Rechtsanwalt und als Zeitungsjournalist. Mit seiner Skizzensammlung *Sketches by Boz* (1836) und *The Pickwick Papers* (1837) wurde Dickens zu einem der bekanntesten Autoren Englands. Seine ersten Romane erschienen als Fortsetzungsgeschichten in Zeitungen, so auch eines seiner bekanntesten Werke, *Oliver Twist* (1837). Charles Dickens starb am 9. Juni 1870 in Kent.

Im insel taschenbuch sind erschienen: *Bleak House* (it 1110), *David Copperfield* (it 468), *Eine Geschichte aus zwei Städten* (it 4079), *Große Erwartungen* (it 4078), *Nikolaus Nickleby* (it 1304), *Oliver Twist* (it 4077), *Der Raritätenladen* (it 4080) und *Weihnachtserzählungen* (it 358).

insel taschenbuch 4062

Charles Dickens

# Die Weihnachten des Mr. Scrooge

# DIE WEIHNACHTEN DES MR. SCROOGE

# ERSTE STROPHE

## *Marleys Geist*

Marley war tot; damit wollen wir anfangen. Darüber gibt's nicht den leisesten Zweifel. Sein Totenschein war vom Geistlichen, vom Notar, vom Leichenbestatter und vom Hauptleidtragenden unterzeichnet. Scrooge hatte unterschrieben, und Scrooges Name war an der Börse gut für alles, wozu er ihn hergab.

Der alte Marley war so tot wie ein Türnagel.

Wohlgemerkt, ich will damit nicht behaupten, daß ich aus eigener Erfahrung wüßte, was an einem Türnagel so ganz besonders tot ist. Ich für meine Person wäre eher geneigt, einen Sargnagel als das toteste Stück Eisen zu betrachten, das im Handel ist. Allein das Gleichnis bewahrt die Weisheit unserer Ahnen auf, und meine unheilige Hand soll nicht daran rütteln, sonst ist's aus mit unserem Land. Man wird mir daher erlauben, mit Nachdruck zu wiederholen, daß Marley so tot war wie ein Türnagel.

Wußte Scrooge, daß er tot war? Natürlich wußte er's. Wie konnte es anders sein? Scrooge und er waren ja – ich weiß nicht, wie viele Jahre lang – Geschäftspartner gewesen. Scrooge war Marleys einziger Testamentsvollstrecker, sein einziger Nachlaßverwalter, sein einziger Rechtsnachfolger, sein einziger Haupterbe, sein einziger Freund und sein einziger Leidtragender. Und selbst Scrooge war von diesem traurigen Ereignis nicht so furchtbar erschüttert, daß er versäumt hätte, sich selbst am Begräbnistag als geschickter Geschäftsmann zu erweisen und ihn mit einem guten Schnitt zu begehen.

Die Erwähnung von Marleys Begräbnis bringt mich auf den Punkt zurück, von dem ich ausgegangen bin. Es besteht kein

Zweifel, daß Marley tot war. Dies muß man begriffen haben, sonst ist nichts Wunderbares an der Geschichte, die ich erzählen will. Wenn wir nicht vollkommen überzeugt wären, daß Hamlets Vater vor Beginn des Stücks gestorben ist, so wäre sein nächtliches Umherwandeln im Ostwind auf dem Wall seines Schlosses um nichts merkwürdiger, als wenn irgendein anderer Herr in mittlerem Alter nach Einbruch der Dunkelheit an irgendeinem windigen Ort – sagen wir zum Beispiel auf dem St. Pauls-Kirchhof – plötzlich hervorträte, um die müde Seele seines Sohnes wachzurütteln.

Scrooge ließ den Namen des alten Marley nie übermalen. Jahre nachher stand noch über der Tür des Warenhauses zu lesen »Scrooge & Marley«. Die Firma war als Scrooge & Marley bekannt. Leute, die im Geschäftsleben Neulinge waren, nannten Scrooge manchmal Scrooge, manchmal Marley; er hörte auf beide Namen. Für ihn war beides dasselbe.

Aber er mahlte geizig alles aus bis aufs letzte, dieser Scrooge! Ein erpresserischer, blutsaugerischer, schäbiger Filz, ein raffgierig zupackender alter Sünder war er! Hart und scharf wie ein Kiesel, aus dem der Stahl nie einen edlen Funken geschlagen hat, versteckt, verschlossen und einsam wie eine Auster. Seine innere Kälte ließ seine alten Gesichtszüge einfrieren, seine spitze Nase absterben, machte seine Wangen runzelig, seinen Gang steif, seine Augen rot und seine dünnen Lippen blau, ja sie brach hämisch in seiner schnarrenden Stimme durch. Rauhreif lag auf seinem Haupt, seinen Augenbrauen und seinem Stoppelkinn. Er trug seine Eisluft überall mit sich herum, durchkältete damit selbst in den Hundstagen sein Kontor und ließ es auch am Christfest um keinen Grad auftauen.

Äußere Hitze oder Kälte berührten Scrooge wenig. Keine Hitze konnte ihn erwärmen, kein Winterwetter ihn erkälten. Kein Wind war schneidender als er, kein Schneefall unbarmherziger, kein Platzregen unaufhaltsamer. Schlimmes Wetter wußte nicht wie ihm beikommen. Der heftigste Regen, Schnee, Hagel und Schloßen konnten sich nur in einer Hinsicht eines Vorteils über ihn rühmen: sie zeigten sich oft sehr freigebig, er nie.

Niemand hielt ihn je auf der Straße an, um ihn mit freudigem Blick zu fragen: »Lieber Scrooge, wie geht es Ihnen? Wann werden Sie mich besuchen?« Kein Bettler bat ihn um eine Kleinigkeit, kein Kind fragte ihn, wieviel Uhr es sei, kein Mann oder Weib erkundigte sich je im Leben bei Scrooge nach dem Weg zu diesem oder jenem Ort. Selbst die Blindenhunde schienen ihn zu kennen, denn sobald sie ihn kommen sahen, zogen sie lieber ihre Herren in Torwege und Höfe hinein und wedelten mit dem Schwanz, als wollten sie sagen: Blinder Mann, kein Auge ist immer noch besser als ein böses!

Aber was kümmerte das Scrooge? Gerade so hatte er's gern. Die volkreichen Pfade des Lebens zu meiden und jedem menschlichen Mitgefühl warnend zuzurufen, es solle fernbleiben, das war für ihn, wie man so sagt, ein »gefundenes Fressen«.

Einmal – von allen schönen Tagen im Jahr gerade am Heiligen Abend – saß der alte Scrooge geschäftig in seiner Schreibstube. Das Wetter draußen war schneidend kalt, unfreundlich und obendrein neblig, und er konnte hören, wie im Hof draußen die Leute keuchend auf und ab gingen, mit den Händen gegen die Brust schlugen und mit den Füßen auf die Pflastersteine stampften, um sich zu erwärmen. Die Glocken der City hatten eben erst drei Uhr geschlagen, aber es war schon ganz dunkel – es war den ganzen Tag über nicht hell gewesen –, und die Lichter flackerten hinter den Fenstern der benachbarten Kontore wie rote Schmutzflecken auf der zum Greifen dicken braunen Luft. Der Nebel drang durch jede Ritze und jedes Schlüsselloch und war draußen so dicht, daß die Häuser gegenüber wie ein Spuk wirkten, obwohl der Hof zu den besonders schmalen gehörte. Wenn man sah, wie sich die trübe Wolke langsam senkte und alles verdüsterte, so hätte man glauben können, Mutter Natur wohne nebenan und braue jetzt eben in großem Stil.

Die Tür zu Scrooges Kontor stand offen, damit er ein Auge auf seinen Schreiber haben könne, der in einer jämmerlich engen Zelle nebenan, einer Art Schacht, Briefe kopierte. Bei Scrooge brannte nur ein kümmerliches Feuer, aber das des Schreibers war noch viel kleiner, so daß es wie eine einzige Kohle aussah. Doch konnte er nicht nachlegen, denn die Kohlenkiste stand in Scrooges eigener Stube, und jedesmal, wenn der Schreiber mit der Schaufel hereinkam, kündigte ihm sein Herr an, daß sie sich wohl bald trennen müßten. Dann zog der Schreiber sein weißes Halstuch in die Höhe und versuchte, sich an der Kerze zu erwärmen; da er jedoch nur über wenig Einbildungskraft verfügte, mißlang ihm stets dieser Versuch.

»Fröhliche Weihnachten, Oheim! Gott segne Sie!« rief eine muntere Stimme. Sie gehörte Scrooges Neffen, der so rasch auf ihn zukam, daß dies das erste Zeichen seiner Anwesenheit war.

»Pah!« rief Scrooge, »Possen!«

Sein Neffe hatte sich durch das rasche Gehen in Nebel und Frost so erhitzt, daß er förmlich glühte; sein Gesicht war hübsch in seiner Röte, seine Augen glänzten, und sein Atem dampfte noch.

»Wie, Oheim, Weihnachten ein Possen?« rief Scrooges Neffe; »das ist doch sicherlich nicht Ihr Ernst?«

»Ganz mein Ernst«, versetzte Scrooge. »Fröhliche Weihnachten! Was für ein Recht hast du, fröhlich zu sein? Was für einen Grund hast du, zufrieden zu sein? Du bist doch arm genug.«

»Ei, Oheim!« versetzte der Neffe munter, »was für ein Recht

haben Sie, verdrossen zu sein? Was für einen Grund haben Sie, mürrisch zu sein? Sie sind doch reich genug!«

Da Scrooge in der Eile keine bessere Antwort zur Hand hatte, gab er wiederum ein »Pah!« zurück und ließ »Possen!« darauf folgen.

»Nicht ärgern, Oheim!« rief der Neffe.

»Was soll ich denn tun«, entgegnete der Oheim, »solange ich in einer solchen Welt voll Narren lebe? Fröhliche Weihnachten! Zum Henker mit den fröhlichen Weihnachten! Was ist Weihnachten denn schon anderes als eine Zeit, da man ohne Geld in der Tasche Rechnungen bezahlen soll? Eine Zeit, da man sich um ein Jahr älter und um keine Stunde reicher fühlt? Eine Zeit, da du in deinen Büchern Bilanz machen mußt und jeden Posten in allen zwölf Monaten des Jahres als Soll zu spüren bekommst? Wenn es nach mir ginge«, setzte er entrüstet hinzu, »müßte jeder Dummkopf, der mit ›Fröhliche Weihnachten‹ im Munde herumläuft, mit seinem eigenen Pudding gekocht und mit einem Stechpalmenzweig durchs Herz begraben werden. Ja, das sollte er!«

»Oheim!« hielt ihm der Neffe vor.

»Neffe!« erwiderte der Oheim böse, »feiere Weihnachten auf deine Weise und laß mich's auf meine feiern.«

»So feiern Sie's!« wiederholte der Neffe. »Aber Sie tun's ja doch nicht.«

»Das überlaß nur mir!« meinte der Alte. »Wohl bekomm's dir! Es hat dir stets viel Gutes gebracht!«

»Es gibt viele Dinge, kann ich wohl sagen, aus denen ich Nutzen hätte ziehen können und doch nicht gezogen habe«, versetzte der Neffe; »Weihnachten gehört auch dazu. Aber ich habe die Weihnachtszeit, wenn sie herankam, ganz abgesehen – soweit das bei einem Wesensbestandteil möglich ist – von der Verehrung, die wir ihrem geheiligten Namen und Ursprung schulden, sicherlich stets als gute Zeit angesehen, als eine menschenfreundliche, angenehme Zeit voll Wohlwollen und Vergebung, als die einzige Zeit im Kalenderjahr, die ich kenne, in der Männer und Frauen gleichmäßig bereit scheinen, ihre verschlossenen Herzen frei zu öffnen und an ärmere Menschen zu denken, als ob sie wirklich Reisegefährten zum Grab hin wären und nicht Geschöpfe anderer Art mit anderer Wegrichtung. Und deshalb, Oheim, glaube ich, obwohl mir die Weihnachtszeit nie einen Schatz von Gold oder Silber in die Tasche gebracht hat, daß sie mir Gutes getan hat und Gutes tun wird, und sage: Gott segne sie!«

Der Schreiber im Kasten nebenan gab unwillkürlich seinen Beifall zu erkennen. Da ihm aber sogleich das Ungehörige seines Betragens bewußt wurde, schürte er rasch das Feuer und erstickte dabei den letzten schwachen Funken für immer.

»Noch ein Ton von Euch«, knurrte Scrooge, »und Ihr könnt Weihnachten damit feiern, daß Ihr Euren Posten los seid!« Und wieder zu seinem Neffen gewandt, fügte er hinzu: »Du bist ja ein unwiderstehlicher Redner; ich wundere mich, daß du nicht ins Parlament eintrittst.«

»Zürnen Sie nicht, Oheim! Bitte, speisen Sie morgen bei uns.«

Scrooge sagte, ihn solle eher ... ja, so sagte er. Er sprach den Satz in seiner ganzen Länge zu Ende: erst wolle er dieses letzte erlebt haben.

»Aber warum nur«, rief Scrooges Neffe. »Warum?«

»Warum hast du geheiratet?« fragte Scrooge.

»Weil ich liebte.«

»Weil du liebtest!« brummte Scrooge, als ob dies das einzige sei, was ihm noch lächerlicher vorkomme als fröhliche Weihnachten. »Guten Abend!«

»Nein, Oheim! Sie haben mich ja auch nie besucht, ehe sich

das zutrug. Warum geben Sie es als Grund dafür an, daß Sie jetzt nicht kommen?«

»Guten Abend!« rief Scrooge.

»Ich brauche nichts von Ihnen; ich fordere nichts von Ihnen, warum können wir nicht gute Freunde sein?«

»Guten Abend!« rief Scrooge.

»Es tut mir von Herzen leid, Sie so hartnäckig zu finden. Wir haben nie einen Zwist gehabt, zu dem ich Veranlassung gegeben hätte. Aber ich habe dem Weihnachtsfest zu Ehren diesen Versuch unternommen und will an meiner Weihnachtsstimmung auch festhalten. Darum: fröhliche Weihnachten, Oheim!«

»Guten Abend!« rief Scrooge.

»Und ein glückliches Neujahr!«

»Guten Abend!« rief Scrooge.

Trotzdem verließ der Neffe das Zimmer ohne ein zorniges Wort. Bei der äußeren Tür blieb er stehen, um dem Schreiber seinen Weihnachtsgruß zu sagen, der, sosehr ihn auch fror, doch wärmer war als Scrooge, denn er gab ihn herzlich zurück.

»Da ist noch so ein Narr«, murmelte Scrooge, der zugehört hatte, »mein Schreiber, der fünfzehn Schilling wöchentlich bekommt, Weib und Kind hat und von fröhlichen Weihnachten schwatzt. Da möchte man wirklich ins Tollhaus verschwinden.«

Während der Verrückte den Neffen hinausbegleitete, hatte er zwei andre Leute hereingelassen. Es waren stattliche Herren von gutem Aussehen, die nun, ihre Hüte abgenommen, in Scrooges Kontor standen; sie trugen Bücher und Papiere in Händen und machten ihm eine Verbeugung.

»Scrooge und Marley, wenn ich nicht irre?« sagte einer der Herren mit einem Blick in seine Listen; »habe ich die Ehre mit Mr. Scrooge oder mit Mr. Marley?«

»Mr. Marley ist schon seit sieben Jahren tot«, antwortete Scrooge; »gerade heute nacht vor sieben Jahren ist er gestorben.«

»Wir zweifeln nicht, daß seine Freigebigkeit von seinem überlebenden Partner würdig weitergeführt wird«, sagte der Herr, indem er seine Vollmacht vorwies.

Seine Behauptung traf wirklich zu, denn sie waren zwei verwandte Geister gewesen. Bei dem unheilkündenden Wort »Freigebigkeit« schauderte Scrooge zusammen, schüttelte den Kopf und gab die Vollmacht zurück.

»In dieser festlichen Zeit des Jahres, Mr. Scrooge«, hub der Herr an, indem er eine Feder zur Hand nahm, »ist es noch wünschenswerter als sonst, daß wir, so gut es geht, für die Armen und Verwahrlosten sorgen; sie haben gerade in dieser Jahreszeit schwer zu leiden. Vielen Tausenden fehlt es am gewöhnlichsten Lebensbedarf, Hunderttausende vermissen auch die geringste Behaglichkeit, Sir!«

»Gibt's keine Gefängnisse?« fragte Scrooge.

»Gefängnisse genug!« versetzte der Herr und legte die Feder wieder weg.

»Und die Arbeitshäuser?« fuhr Scrooge fort; »bestehen sie wohl noch?«

»Ja, noch immer!« entgegnete der Herr; »ich wünschte, ich könnte nein sagen.«

»Die Tretmühle und das Armengesetz sind also noch in Kraft?« fragte Scrooge weiter.

»Beide in voller Wirksamkeit, Sir.«

»Oh«, meinte Scrooge, »nach dem, was Sie zuerst sagten, fürchtete ich, es sei etwas vorgefallen, das ihren nützlichen Gang hemme; ich bin froh, das Gegenteil zu hören.«

»In der Überzeugung«, erwiderte der Herr, »daß diese Einrichtungen den Menschen schwerlich christliche Freude an Leib und Seele vermitteln können, sind einige von uns bemüht, einen Geldbetrag aufzubringen, mit dem wir den Armen Speise und Trank und Mittel zur Erwärmung verschaffen wollen. Wir haben diesen Zeitpunkt gewählt, weil gerade jetzt Mangel schmerzlich und Überfluß freudig empfunden wird. Was darf ich für Sie zeichnen?«

»Nichts!« versetzte Scrooge.

»Sie wünschen ungenannt zu bleiben?«

»Ich wünsche allein gelassen zu werden!« sagte Scrooge. »Wenn Sie wissen wollen, was ich wünsche, meine Herren, so ist dies meine Antwort. Ich selbst mache mir zu Weihnachten auch keine guten Tage und kann nichts dazu beitragen, sie Müßiggängern zu verschaffen. Ich helfe bereits, die vorerwähnten Anstalten zu unterhalten – sie kosten genug, und wem es schlimm geht, der mag sich dorthin wenden.«

»Viele können nicht dorthin gehen; und viele würden lieber sterben.«

»Wenn sie lieber sterben«, versetzte Scrooge, »so sollen sie es nur tun und so die überflüssige Bevölkerung vermindern. Außerdem – Sie entschuldigen – verstehe ich davon nichts.«

»Aber Sie könnten es verstehen«, bemerkte der Herr.

»Das ist nicht meine Sache«, erwiderte Scrooge. »Es genügt, wenn ein Mann seine eigene Sache versteht; er braucht sich nicht mit denen anderer zu befassen. Die meinen nehmen mich ganz in Anspruch. Guten Abend, meine Herren!«

Da die Fremden einsahen, daß es nutzlos sei, ihr Vorhaben weiterzuverfolgen, entfernten sie sich. Scrooge ging mit gehobener Meinung von sich selbst und in besserer Laune als gewöhnlich wieder an die Arbeit.

Inzwischen hatten Nebel und Dunkelheit so zugenommen, daß Leute mit brennenden Fackeln umherliefen und sich anboten, vor den Wagenpferden herzugehen und sie ihren Weg zu führen. Der alte Turm einer Kirche, deren brummende

Glocke sonst schlau aus einem gotischen Fenster in der Mauer auf Scrooge heruntergucktte, wurde unsichtbar, und sie schlug die Stunden und Viertelstunden nun in den Wolken mit einem zitternden Nachklang, als ob ihr die Zähne im erfrorenen Kopf klapperten. Die Kälte nahm immer mehr zu. Auf der Hauptstraße an der Ecke des Hofes hatten einige Arbeiter, die die Gasröhren ausbesserten, in einem Kohlenbecken ein großes Feuer angezündet, um das sich ein Haufen zerlumpter Männer und Jungen drängte, die ihre Hände wärmten und vor der Glut beglückt mit den Augen blinzelten. Am Pumpbrunnen, der verlassen stand, froren die Tropfen rasch und verwandelten sich in menschenfeindliches Eis. Der Lichtschein aus den Läden, in denen Stechpalmenzweige und -beeren in der Lampenhitze der Schaufenster knisterten, rötete die bleichen Gesichter der Vorübergehenden. Der Geflügel- und der Spezereienhandel wurden zum hellen Vergnügen: eine prächtige Veranstaltung, von der man schier unmöglich glauben konnte, daß so langweilige Dinge wie Kauf und Verkauf etwas mit ihr zu tun haben sollten. Der Oberbürgermeister in der mächtigen Mansionhouse-Feste gab seinen fünfzig Köchen und Kellnern Befehl, ein Weihnachtsmahl zu rüsten, wie es eines Oberbürgermeisters würdig ist; und selbst der armselige Schneider, den er am vorigen Montag wegen Trunkenheit und Rauflust auf der Straße um fünf Schilling bestraft hatte, rührte in seiner Dachstube den Pudding für morgen, während sein hageres Weib mit dem Säugling ausging, um Fleisch zu kaufen.

Noch nebliger und noch kälter wurde es. Durchdringend, beißend, bohrend kalt! Wenn der gute heilige Dunstan die Nase des Teufels nur mit einem Hauch solchen Wetters berührt hätte, statt seine gewöhnlichen Waffen zu gebrauchen, dann hätte dieser erst kräftig aufgeheult! Der Eigentümer einer winzigen jungen Nase, die von der gierigen Kälte so benagt und angeknabbert war wie Knochen von Hunden, beugte sich gerade zu Scrooges Schlüsselloch, um ihn mit einem Weihnachtslied zu erfreuen; allein beim ersten Vers:

*Gott sei mit Euch, mein edler Herr,*
*Mög Euch kein Trübsal treffen*

griff Scrooge so heftig nach seinem Lineal, daß der Sänger bestürzt entwich und das Schlüsselloch dem Nebel und der dem Hausherrn noch verwandteren Kälte überließ.

Endlich kam die Stunde des Geschäftsschlusses. Widerwillig stieg Scrooge von seinem Schreibstuhl und teilte dadurch diese Tatsache wortlos dem in seinem Schacht harrenden Schreiber mit. Dieser blies sogleich seine Kerze aus und setzte seinen Hut auf.

»Sie werden vermutlich morgen den ganzen Tag frei haben wollen?« fragte Scrooge.

»Wenn's Ihnen recht ist, Sir!«

»Ist mir nicht recht«, antwortete Scrooge, »und gehört sich nicht. Wenn ich Ihnen dafür eine halbe Krone abzöge, so wette ich, fühlten Sie sich schlecht behandelt.«

Der Schreiber lächelte matt.

»Und doch«, fuhr Scrooge fort, »halten Sie mich nicht für schlecht behandelt, wenn ich Ihnen für einen ganzen Tag Geld ohne Arbeit verabreiche.«

Der Schreiber bemerkte, daß dies ja nur einmal im Jahr vorkomme.

»Eine schlechte Ausrede, um einem an jedem 25. Dezember das Geld aus der Tasche zu stehlen!« murrte Scrooge und knöpfte seinen Überrock bis zum Kinn zu. »Aber ich nehme an, daß Sie den ganzen Tag haben müssen. Seien Sie dafür übermorgen um so zeitiger hier.«

Der Schreiber versprach das, und Scrooge zog grollend ab. Das Kontor war im Nu geschlossen. Der Schreiber, dem die langen Enden seines weißen Schals um die Beine baumelten, da er sich mit keinem Überrock brüsten konnte, lief Cornhill hinunter, wobei er am Ende einer Kette von Knaben zu Ehren des Weihnachtsabends wohl zwanzigmal schlitterte, und eilte dann, so schnell er konnte, nach Camden-Town nach Hause, um mit den Seinen Blindekuh zu spielen.

Scrooge nahm sein melancholisches Mahl in dem gewohnten düsteren Wirtshaus ein und ging endlich, nachdem er alle Zeitungen gelesen und den Rest des Abends über seinem Abrechnungsbuch gebrütet hatte, zum Schlafen nach Hause. Er wohnte in den Räumen, die einst seinem verstorbenen Partner gehört hatten. Es war eine düstere Zimmerreihe in einem finsteren Bauwerk auf einem Hinterhof. In diesem Hof schien das Gebäude so wenig zu suchen zu haben, daß man sich der Vorstellung kaum erwehren konnte, es habe sich als junges Häuschen beim Versteckspiel mit andern Häusern dort hineinverkrochen und nicht mehr herausgefunden. Nun war es alt und trübselig genug, denn niemand als Scrooge bewohnte es, und alle anderen Zimmer waren als Kontore vermietet. Der Hof war so finster, daß Scrooge, dem jeder Stein darin bekannt war, den Weg fast mit den Händen suchen mußte. Nebel und Frost lasteten so dick und schwer auf dem alten schwarzen Torweg, daß es schien, als ob der Genius des Wetters in traurigem Nachdenken auf der Schwelle sitze.

Sicher ist, daß an dem Türklopfer außer seiner Größe nichts bemerkenswert war. Ebenso sicher ist, daß ihn Scrooge, seit er das Haus bewohnte, jeden Morgen und Abend gesehen hatte; daß Scrooge von dem, was man Phantasie nennt, ebensowenig besaß wie sonstwer in der City von London, selbst – was viel heißen will – den Gemeinderat nebst Aldermen und Zünften mit eingeschlossen. Ebenso müssen wir festhalten, daß Scrooge, seit er an diesem Nachmittag zum letztenmal seines seit sieben Jahren verstorbenen Geschäftsgenossen Erwähnung getan, keinen Gedanken mehr an Marley gewendet hatte. Und nun soll mir ein Mensch, wenn er es kann, erklären, wie es geschah, daß Scrooge, als er seinen Hausschlüssel ins Türschloß steckte, in dem Türklopfer, ohne daß mit ihm eine plötzliche Veränderung vor sich gegangen war, nicht einen Türklopfer, sondern Marleys Gesicht erblickte!

Ja, Marleys Gesicht. Es war nicht in undurchdringliche Schatten gehüllt wie die übrigen Gegenstände auf dem Hof, sondern hatte ein unheimliches Leuchten an sich wie ein verfaulter Hummer in einem dunklen Keller. Es war nicht böse oder wild, sondern schaute ihn an, wie Marley zu tun pflegte: mit der gespenstigen Brille, die auf seine gespenstige Stirn hinaufgeschoben war. Sein Haar war seltsam gesträubt, als hätte keuchender Atem oder heiße Luft es emporgeweht, und obwohl die Augen weit offen waren, fehlte ihnen doch alle Bewegung. Dies und die bleiche Farbe machten das Gesicht entsetzlich, allein seine Schrecklichkeit schien außerhalb des Gesichts zu liegen, gar nicht in dessen Macht.

Als Scrooge starr auf diese Erscheinung blickte, war es wieder ein Türklopfer.

Wollten wir behaupten, er sei nicht erschrocken gewesen, oder sein Blut habe nichts von dem grausigen Schauder empfunden, der ihm seit seiner Kindheit fremd geworden war – es wäre nicht wahr. Aber er legte seine Hand wieder an den Schlüssel, den er hatte fahren lassen, drehte ihn im Schloß um, trat ins Haus und zündete seine Kerze an.

Er zauderte allerdings einen Augenblick, ehe er die Türe schloß, und guckte zuerst vorsichtig dahinter, als erwarte er halb und halb, durch den Anblick von Marleys Kopf erschreckt zu werden, der steif in den Flur hereinrage. Doch war auf der Rückseite der Tür nichts zu erblicken als die Schrauben und Schraubenköpfe, die den Türklopfer festhielten. Darum machte er nur »Puh! Puh!« und knallte die Tür zu. Dieser Knall hallte wie ein Donnerschlag durch das Haus. Jedes Zimmer im oberen Stock und jedes Faß im Keller des Weinhändlers darunter schienen ihr eigenes Echo zu haben; Scrooge war aber nicht der Mann, der sich von Echos ins Bockshorn jagen ließ. Er verriegelte die Tür und schritt über den Flur und die Treppe hinauf, sogar langsam: im Gehen putzte er noch seine Kerze.

Man kann nicht gut sagen, daß sich eine sechsspännige Kutsche über eine gute alte Treppenflucht hinauf- oder durch eine schlechte junge Parlamentsakte hindurchbefördern lasse; ich wage aber doch auszusprechen, daß man über diese Treppe ohne Mühe einen Leichenwagen hätte führen können, auch der Breite nach, die Deichsel gegen die Wand und die Tür gegen das Geländer. An Breite hätte es nicht gefehlt, ja es wäre noch Raum übriggeblieben. Vielleicht war dies der Grund, weshalb Scrooge einen Leichenzug im Dunkel vor sich herfahren zu sehen glaubte. Ein halbes Dutzend Gaslampen von der Straße draußen hätte diesen Hausflur nicht übermäßig erhellt, und so kann man sich vorstellen, daß er bei Scrooges Lichtchen ziemlich finster war.

Scrooge stieg hinauf, ohne sich darum zu kümmern. Dunkelheit ist billig, und das liebte Scrooge. Ehe er aber seine schwere Zimmertür von innen schloß, schritt er durch seine Zimmer, um zu sehen, ob alles in Ordnung sei. Er hatte das Gesicht noch lebhaft genug im Gedächtnis, um das für wünschenswert zu halten.

Wohnzimmer, Schlafzimmer, Rumpelkammer – alles, wie es sich gehörte. Niemand unter dem Tisch, niemand unter dem Sofa, ein kleines Feuer auf dem Herd, Löffel und Tasse griffbereit und die kleine Pfanne mit Haferschleim – Scrooge hatte nämlich Schnupfen – auf dem Kaminsims. Niemand unter dem Bett, niemand im Wandschrank, niemand im Schlafrock, der in verdächtiger Stellung an der Wand hing! Auch die Rumpelkammer war wie sonst: ein altes Feuergitter, altes Schuhwerk, zwei Fischkörbe, ein alter Koffer, ein Waschtisch auf drei Beinen und ein Schüreisen.

Befriedigt schlug Scrooge die Tür zu und schloß sich selber ein, sogar zweimal, was sonst nicht seine Gewohnheit war. So gegen jede Überraschung geschützt, legte er seine Halsbinde ab, zog Schlafrock und Pantoffeln an, stülpte sich die Nachtmütze über und setzte sich ans Feuer, um seinen Haferschleim auszulöffeln.

Das Feuer war wirklich sehr klein, ein Nichts in einer so kalten Nacht. Er mußte sich dicht davorsetzen und sich darüberbeugen, um aus dieser Handvoll Feuerung eine Spur Wärme zu gewinnen. Der Kamin war uralt, vor langen Jahren von irgendeinem holländischen Handelsherrn erbaut und ringsum mit seltsamen holländischen Backsteinen bepflastert, die Bilder aus der Heiligen Schrift darstellen sollten. Da sah man Kain und Abel, Pharaos Tochter, die Königin von Saba, Engelsboten, die auf Wolken wie Federbetten vom Himmel niederstiegen, Abraham, Belsazar, Apostel, die auf Marktschiffen in See stachen: hunderterlei Figuren, die Scrooges Gedanken fesseln konnten; und doch kam dieses Gesicht Marleys, der schon sieben Jahre tot war, wie des alten Propheten Stab und verschlang das Ganze.

Wenn jeder der blanken Ziegel zunächst leer, aber imstande gewesen wäre, aus den wirren Gedankenfetzen Scrooges irgendeine Abbildung auf seine Oberfläche zu zaubern, so wäre wohl auf jedem der Kopf des alten Marley erschienen.

»Possen!« sagte Scrooge und schritt im Zimmer auf und nieder. Nachdem er dies mehrmals getan hatte, setzte er sich wieder. Als er den Kopf im Stuhl zurücklehnte, blieb sein Auge zufällig an einer Glocke hängen, einer abgegriffenen Glocke, die im Zimmer hing und zu einem längst vergessenen Zweck mit einer Kammer im obersten Stockwerk des Hauses in Verbindung stand. Zu seinem großen Erstaunen und mit seltsamer, unerklärlicher Angst gewahrte er beim Hinsehen, daß sie zu schwingen begann; erst schwang sie so sanft, daß sie kaum einen Ton von sich gab, bald aber schwoll sie laut an, und mit ihr klangen alle Glocken im Haus.

Dies mochte eine halbe oder auch eine ganze Minute gedauert haben; ihm aber schien es eine Stunde zu sein. Die Glokken hörten zusammen auf, wie sie zusammen begonnen hatten. Ihnen folgte von tief unten herauf ein klirrendes Geräusch, als zöge jemand eine schwere Kette über die Fässer im Keller des Weinhändlers hin. Scrooge erinnerte sich, gehört zu haben, daß Gespenster in Spukhäusern immer Ketten schleppen sollen.

Die Kellertür flog mit dumpfem Knall auf, und nun hörte er drunten im Hausflur den Lärm immer lauter werden, dann die Treppe heraufkommen und endlich gerade auf seine Tür zusteuern.

»Immer noch Possen«, murmelte Scrooge. »Ich kann's nicht glauben.«

Dennoch wechselte er die Farbe, als »es« ohne Zögern durch die schwere Tür kam und vor seinen Augen das Zimmer betrat. Bei seinem Einzug flackerte die ersterbende Flamme auf, als riefe sie: Ich kenn ihn, Marleys Geist! und sank wieder zusammen.

Ja, es war dasselbe Gesicht, ganz dasselbe: Marley mit seinem Zopf, wie gewöhnlich in Weste, engen Hosen und Schaftstiefeln; deren Quasten sträubten sich gleich dem Zopf, den

Rockschößen und dem Haupthaar. Die Kette, die er nachschleppte, war um die Mitte seines Leibes geschlungen. Sie war lang, ringelte sich wie ein Schweif und war zusammengesetzt – Scrooge betrachtete sie nämlich genau – aus Geldkassetten, Schlüsseln, Vorlegschlössern, Hauptbüchern, Urkunden und schweren Börsen aus Stahldraht. Der Körper war durchsichtig, so daß Scrooge, als er ihn ins Auge faßte, durch seine Weste hindurch die beiden Knöpfe auf dem Rücken des Rokkes sehen konnte.

Scrooge hatte oft sagen hören, Marley habe kein Herz im Leibe, aber er hatte es bis jetzt nie geglaubt.

Ja, er glaubte es nicht einmal jetzt. Obwohl er dem Gespenst durch und durch schauen konnte und es vor sich stehen sah, obwohl er sich von seinen Augen, die kalt wie der Tod waren, durchschauert fühlte und sogar das Gewebe des zusammengefalteten Taschentuchs bemerkte, das es um Kopf und Kinn geknüpft trug und das er vorher nicht an ihm bemerkt hatte, war er doch immer noch ungläubig und wehrte sich gegen seine eigenen Sinne.

»Was gibt's?« rief Scrooge scharf und eisig wie immer. »Was hast du mit mir zu schaffen?«

»Viel!« Marleys Stimme – ganz zweifellos.

»Wer bist du?«

»Frag lieber, wer ich war!«

»Wer warst du also?« forschte Scrooge mit erhobener Stimme. »Du bist recht wunderlich – für ein Gespenst.« Er wollte schon sagen »als Gespenst«, setzte aber »für« ein, weil es ihm passender schien.

»Zu Lebzeiten war ich dein Partner, Jakob Marley.«

»Kannst du – kannst du dich setzen?« fragte Scrooge mit einem zweifelnden Blick.

»Gewiß.«

»So tu's!«

Scrooge stellte diese Frage, weil er nicht wußte, ob ein so durchsichtiges Gespenst imstande sei, einen Stuhl einzunehmen, und fühlte, daß seine etwaige Unfähigkeit eine sehr unangenehme Erklärung nötig mache. Aber der Geist nahm auf der entgegengesetzten Seite des Kamins Platz, als wäre er ganz daran gewöhnt.

»Du glaubst nicht an mich!« bemerkte der Geist.

»Nein«, antwortete Scrooge.

»Welchen Beweis meiner Echtheit möchtest du haben außer dem Zeugnis deiner Sinne?«

»Ich weiß es nicht«, erwiderte Scrooge.

»Warum mißtraust du deinen Sinnen?«

»Weil eine Kleinigkeit sie verwirren kann«, versetzte Scrooge. »Eine kleine Magenverstimmung macht sie zu Betrügern. Du kannst einen unverdauten Bissen Fleisch, ein wenig Senf, eine Käserinde, ein Stückchen halbrohe Kartoffel zum Ursprung haben. Was du auch seist – eher stammst du doch aus der Speisekammer als aus der Grabkammer!«

Scrooge war nicht gewohnt, Witze zu machen, und fühlte sich auch jetzt keineswegs zum Scherzen aufgelegt. In Wahrheit versuchte er nur launig zu sein, um sich abzulenken und die Furcht niederzukämpfen. Denn die Stimme des Gespenstes durchwühlte ihm selbst das Mark in den Knochen.

Nur einen Augenblick diesen starren, erloschenen Augen stumm gegenüberzusitzen würde ihn, das fühlte er, verrückt machen. Auch lag etwas Grauenhaftes darin, daß das Gespenst etwas wie Höllenluft um sich hatte. Scrooge fühlte sie zwar nicht selbst, aber es war sicherlich der Fall; denn obgleich der Geist vollkommen regungslos dasaß, wurden doch Haar, Quasten und Rockflügel wie von dem heißen Luftstrom eines Ofens stets bewegt.

»Siehst du diesen Zahnstocher?« fragte Scrooge, indem er aus den eben genannten Gründen rasch wieder das Wort nahm, um, sei es auch nur für eine Sekunde, den eisigen Blick des Gespenstes von sich abzuwenden.

»Ja«, versetzte der Geist.

»Du blickst ja nicht darauf hin!« rief Scrooge.

»Aber ich sehe ihn trotzdem«, versicherte der Geist.

»Nun denn«, versetzte Scrooge, »ich brauche ihn nur zu verschlucken, um für den Rest meines Lebens von einer Legion von Kobolden verfolgt zu werden, die sämtlich meine eigenen Geschöpfe sind. Possen! sag ich dir, lauter Possen!«

Bei diesen Worten stieß das Gespenst einen gräßlichen Schrei aus und rasselte mit seinen Ketten so greulich betäubend, daß sich Scrooge an seinem Stuhl festhalten mußte, um nicht in Ohnmacht zu sinken. Aber um wieviel größer ward noch sein Schrecken, als das Gespenst die Binde, die es um den Kopf trug, abnahm, als sei sie ihm im Zimmer zu warm, und sein Unterkiefer auf die Brust herabsank.

Scrooge fiel auf die Knie nieder und schlug die Hände vors Gesicht.

»Gnade!« rief er. »Schreckliche Erscheinung, warum quälst du mich?«

»Mensch mit dem weltlichen Sinn!« versetzte der Geist, »glaubst du an mich oder nicht?«

»Ich glaube«, rief Scrooge, »ich muß glauben. Aber warum wandeln Geister auf der Erde und warum kommen sie zu mir?«

»Es wird von jedem Menschen gefordert«, antwortete das Gespenst, »daß seine Seele umherwandere unter den andern Menschen und große, weite Reisen tue; und macht er sie bei Lebzeiten nicht, so wird er verdammt, es nach dem Tod zu tun. Er ist verurteilt, durch die Welt zu wandern und – weh mir! – mit anzusehen, was er nicht mehr genießen darf, aber auf Erden hätte genießen und zu seinem Glück hätte wenden können.«

Wieder stieß das Gespenst einen Schrei aus, klirrte mit seiner Kette und rang seine Schattenhände.

»Du trägst Fesseln?« fragte Scrooge zitternd; »sag mir warum.«

»Ich trage die Kette, die ich in meinem Leben geschmiedet habe«, antwortete der Geist; »ich habe sie Glied um Glied und Elle um Elle geschmiedet, sie mir aus freien Stücken umgelegt und sie freiwillig getragen. Sind dir ihre Glieder fremd?«

Scrooge zitterte immer mehr.

»Willst du wissen«, fuhr der Geist fort, »wie schwer und lang die starke Kette ist, die du selbst trägst? Vor sieben Weihnachtsabenden war sie ebenso schwer und ebenso lang wie diese. Seither hast du noch an ihr gearbeitet; es ist eine gewichtige Kette geworden.«

Scrooge sah um sich her zu Boden, als erwarte er, sich von fünfzig oder sechzig Klaftern Eisenkette umgeben zu finden; allein er vermochte nichts zu sehen.

»Jakob!« rief er bittend, »alter Jakob Marley! Sag mir mehr! Sprich mir Trost zu, Jakob!«

»Ich kann keinen geben«, versetzte der Geist; »er kommt aus anderen Bereichen, Ebenezer Scrooge, und wird von anderen Boten andersgearteten Menschenkindern gereicht. Auch darf ich dir nicht sagen, was ich sagen möchte; nur noch ein wenig mehr als dies ist mir erlaubt. Ich darf nicht ruhen, nicht bleiben, nirgendwo zögern. Nie hat mein Geist die Schwelle unseres Kontors überschritten. Versteh mich wohl! Bei Lebzeiten überschritt mein Geist nie die engen Grenzen unserer Geldwechslerhöhle, und mühsame Reisen stehen mir bevor!«

Scrooge hatte die Gewohnheit, wenn er nachdenklich wurde, die Hände in die Hosentaschen zu stecken; als er jetzt des Geistes Worte erwog, machte er es ebenso, aber ohne den Blick zu heben noch sich von den Knien aufzurichten.

»Du mußt aber recht langsam gewesen sein, Jakob«, bemerkte Scrooge im Geschäftston, wenn auch demütig und rücksichtsvoll.

»Langsam?« wiederholte der Geist.

»Sieben Jahre tot, und die ganze Zeit auf Reisen?« murmelte Scrooge.

»Die ganze Zeit«, bestätigte der Geist. »Ohne Rast, ohne Frieden, unaufhörlich von Gewissensbissen gequält.«

»So reist du schnell?« fragte Scrooge weiter.

»Auf den Schwingen des Windes«, versetzte der Geist.

»Da hättest du in sieben Jahren große Strecken zurücklegen können!« meinte Scrooge.

Als der Geist das hörte, stieß er abermals einen Schrei aus und klirrte mit seiner Kette so entsetzlich durch die Totenstille der Nacht, daß der Nachtwächter das Recht gehabt hätte, ihn wegen nächtlicher Ruhestörung anzuzeigen.

»Oh!« rief das Gespenst, »gefangen, gebunden, doppelt in Eisen bist du und weißt nicht, daß für diese Erde Jahrhunderte unausgesetzten Leidens der unsterblichen Wesen in die Ewigkeit versinken müssen, ehe alles Gute erfüllt ist, das sie aufnehmen kann. Weißt nicht, daß jede christliche Seele, die in ihrem kleinen Kreis, wie immer er sei, mildtätig wirkt, ihr irdisches Leben zu kurz findet für die ausgedehnten Möglichkeiten, nützlich zu sein. Weißt nicht, daß keine noch so lange Reue die versäumten Gelegenheiten eines Lebens aufwiegen kann! So einer war ich! Oh, so war ich!«

»Aber du bist stets ein guter Geschäftsmann gewesen, Jakob«, stotterte Scrooge, der nun anfing die Worte auf sich selbst zu beziehen.

»Geschäftsmann?« schrie das Gespenst und rang aufs neue die Hände. »Die Menschheit war mein Geschäft. Die allgemeine Wohlfahrt war meine Aufgabe; Liebe, Erbarmen, Nachsicht und Wohlwollen wären mein Beruf gewesen. Meine Handelsgeschäfte waren nur ein Tropfen Wasser im unermeßlichen Ozean meiner Aufgabe!«

Er hielt seine Kette auf Armeslänge vor sich hin, als ob sie die Ursache seines vergeblichen Kummers wäre, und schleuderte sie dann mit Wucht wieder auf den Boden.

»Um diese Zeit des ablaufenden Jahres«, fuhr das Gespenst fort, »leide ich am meisten. Warum wandelte ich auch durch das Gewühl der Mitmenschen mit gesenkten Augen und erhob sie nie zu dem segensvollen Stern, der die drei Weisen zu einer armen Herberge führte? Gab es nicht ärmliche Hütten genug, zu denen sein Licht mich hätte leiten können?«

Scrooge erschrak nicht wenig, als er das Gespenst so sprechen hörte, und begann heftig zu zittern.

»Höre mich!« rief der Geist; »meine Zeit ist fast um.«

»Ich will ja«, versetzte Scrooge; »aber sei nicht hart zu mir, Jakob! Sprich klar und offen, ich bitte dich!«

»Wie es kommt, daß ich dir in sichtbarer Gestalt erscheine, vermag ich nicht zu sagen. Ich habe so manchen lieben Tag unsichtbar an deiner Seite gesessen.«

Das war kein angenehmer Gedanke. Scrooge schauderte und wischte sich den Schweiß von der Stirn.

»Dies ist kein leichter Teil meiner Buße«, fuhr der Geist fort. »Heute abend bin ich gekommen, um dir warnend zu sagen, daß du noch Aussicht und Hoffnung hast, meinem Los zu entgehen – eine Aussicht und Hoffnung, die ich dir verschaffe, Ebenezer.«

»Du warst mir stets freundlich gesinnt; ich danke dir«, sprach Scrooge.

»Es werden dich noch drei Geister heimsuchen!« fuhr das Gespenst fort.

Scrooges Gesicht zog sich beinahe so in die Länge wie das des Gespenstes.

»Ist das die Aussicht und Hoffnung, von der du sprachst, Jakob?« fragte er mit wankender Stimme.

»Allerdings!« war die Antwort.

»Ich – ich glaube das nicht«, meinte Scrooge.

»Ohne ihren Besuch«, widersprach der Geist, »hoffst du vergeblich den Pfad zu meiden, den ich jetzt wandle. Erwarte den ersten morgen, wenn die Glocke eins schlägt.«

»Könnten nicht alle auf einmal kommen, damit es vorüber ist?« fragte Scrooge.

»Erwarte den zweiten in der nächsten Nacht um die gleiche Stunde, den dritten dann in der darauffolgenden Nacht, wenn der letzte Glockenschlag der Mitternacht ausgezittert hat. Achte darauf, mich nie wiederzusehen, und denk um deines Heiles willen an das, was zwischen uns vorgefallen ist!«

Nach diesen Worten nahm das Gespenst sein Tuch vom Tisch und band es sich wie zuvor um den Kopf. Scrooge merkte das an dem knirschenden Ton, den seine Zähne hervorbrachten, als die Kinnladen durch die Binde zusammengeschlagen wurden; er wagte es, seine Augen wieder zu erheben, und sah, daß sein übernatürlicher Besucher die Kette um den Arm gewunden hatte und ihm aufrecht gegenüberstand.

Die Erscheinung schritt rückwärts von ihm fort, und bei jedem Schritt, den sie tat, öffnete sich das Fenster etwas mehr, so daß es weit offen war, als es der Geist erreichte. Er winkte Scrooge, näher zu kommen, was dieser auch tat; als sie zwei Schritte auseinander waren, hielt Marleys Geist seine Hand empor, um ihn zu warnen, noch näher zu kommen.

Scrooge blieb stehen, nicht so sehr aus Gehorsam wie aus

Überraschung und Furcht; denn als das Gespenst die Hand erhob, vernahm er ein wirres Getöse in der Luft, unzusammenhängende Töne von Wehklagen und Reue, unaussprechlich betrübtes, zerknirschtes Jammern. Nachdem das Gespenst kurze Zeit zugehört hatte, stimmte es in die schwermütige Klage ein und schwebte in die düstere, kalte Nacht hinaus.

Scrooge folgte ihm in verzweifelter Neugier ans Fenster und blickte hinaus.

Die Luft war mit Gespenstern erfüllt, die in ruheloser Hast klagend hin und her schwebten. Jedes trug Ketten wie Marleys Geist, manche – das mochten wohl verbrecherische Behörden gewesen sein – waren aneinandergeschmiedet, keines war frei von Fesseln. Viele hatte Scrooge zu ihren Lebzeiten gekannt. Mit einem alten Geist in weißer Weste, der eine ungeheure eiserne Kasse am Knöchel trug, war er ganz vertraut gewesen; dieser schrie jämmerlich, weil er einem elenden Weib nicht beistehen konnte, das er mit einem Kind tief unten auf einer Türschwelle hocken sah. Die Pein aller bestand offensichtlich darin, daß sie sich sehnten, menschliches Elend zu mildern, und doch die Kraft dazu für immer verloren hatten.

Ob diese Gebilde in Nebel zerflossen oder ob sie der Nebel verhüllte, konnte Scrooge nicht sagen; aber sie und ihre geisterhaften Stimmen verschwanden gleichzeitig, und die Nacht wurde wieder, wie sie bei seiner Heimkehr gewesen war.

Scrooge schloß das Fenster und untersuchte die Tür, durch die der Geist eingetreten war; sie war doppelt verschlossen, wie er es mit eigener Hand getan hatte, und die Riegel waren unversehrt. Er versuchte zu sagen: Possen! hielt aber bei der ersten Silbe inne. Und da er wegen der überstandenen Aufregung oder wegen der Mühen des Tages oder wegen seines Einblicks in die Welt des Unsichtbaren oder wegen der trübseligen Unterhaltung mit dem Gespenst oder wegen der späten Stunde sehr ruhebedürftig war, ging er sofort zu Bett, ohne sich auszukleiden, und fiel augenblicklich in tiefen Schlaf.

## ZWEITE STROPHE
### *Der erste der drei Geister*

Als Scrooge erwachte, war es so dunkel, daß er, aus dem Bett blickend, kaum das durchsichtige Fenster von den undurchsichtigen Wänden seines Schlafzimmers zu unterscheiden vermochte. Er bemühte sich, mit seinen Luchsaugen die Dunkelheit zu durchdringen, da schlug die Uhr einer benachbarten Kirche vier Viertel; er hörte also den Schlag der vollen Stunde.

Zu seinem größten Erstaunen schlug die schwere Glocke sechs-, dann sieben-, dann achtmal und so fort bis zwölf; dann hielt sie inne. Zwölf Uhr! Es war zwei Uhr vorüber gewesen, als er zu Bett gegangen war. Die Uhr mußte falsch gehen – ein Eiszapfen war wohl ins Werk geraten. Zwölf Uhr!

Er drückte auf die Feder seiner Repetieruhr, um die voreilige Glocke zu widerlegen: ihr kleiner rascher Puls schlug zwölfmal und hielt dann inne.

»Nein, es ist unmöglich, daß ich den ganzen Tag durch und tief bis in die andre Nacht hinein geschlafen habe!« rief Scrooge. »Es ist aber auch nicht möglich, daß der Sonne etwas zugestoßen und es jetzt zwölf Uhr Mittag ist.«

Da ihn dieser Gedanke beunruhigte, sprang er aus dem Bett und tastete sich zum Fenster. Er mußte erst mit dem Ärmel seines Schlafrockes den Reif wegreiben, ehe er etwas sehen konnte, und selbst dann sah er nur sehr wenig. Alles, was er feststellen konnte, war, daß es noch recht neblig und ausnehmend kalt war und daß kein Geräusch von hin und her eilenden Schritten zu hören war, wie es unbedingt der Fall gewesen wäre, wenn der helle Tag die Nacht schon vertrieben und von der Welt Besitz genommen hätte. Dies war für ihn ein großer Trost; denn das »drei Tage nach Sicht zahlen Sie gegen diesen Primawechsel an Herrn Ebenezer Scrooge oder dessen Ordre« und so weiter hätte ihm nur eine Sicherheit gleich der in den Vereinigten Staaten geboten, wenn man die Zwischentage nicht zählen konnte.

Scrooge legte sich wieder zu Bett; er grübelte und dachte hin und her und konnte doch nichts herausbringen. Je mehr er nachdachte, desto verwirrter wurde er, und je mehr er sich bemühte, nicht zu denken, desto angestrengter zerbrach er sich den Kopf.

Marleys Geist quälte ihn über die Maßen. Sooft er nach reiflicher Prüfung mit sich ins reine kam, es müsse alles nur ein Traum gewesen sein, kehrte sein Denken wie eine starke losgeschnellte Feder in seinen früheren Zustand zurück und gab ihm dasselbe Problem aufs neue zu erwägen: War es ein Traum oder nicht?

In dieser Verfassung blieb Scrooge liegen, bis die Uhr drei Viertel weitergerückt war, als er sich plötzlich erinnerte, daß ihm der Geist einen Besuch angekündigt hatte, sobald die Uhr eins schlage. Er beschloß, wach zu bleiben, bis die Stunde vorüber war, und in Anbetracht dessen, daß er ebensowenig wieder einzuschlafen wie gen Himmel zu fahren vermochte, war dies vielleicht der klügste Entschluß, dessen er fähig war.

Die Viertelstunde dauerte so lang, daß er mehr als einmal überzeugt war, er müsse unbewußt ein wenig eingenickt sein und die Glocke überhört haben. Endlich schlug sie an sein lauschendes Ohr.

Ding-Dong!

»Ein Viertel!« sagte Scrooge zählend.

Ding-Dong!

»Halb!« sagte Scrooge.

Ding-Dong!

»Drei Viertel!« sagte Scrooge.

Ding-Dong!

»Die volle Stunde«, rief Scrooge triumphierend, »und sonst nichts!« Er rief es, ehe der Stundenschlag ertönt war, der jetzt mit einem einmaligen, tiefen, dumpfen, hohlen, melancholischen Schlag erklang. Augenblicklich übergoß Licht sein Gemach, und die Vorhänge seines Bettes wurden zurückgezogen.

Ja, ich versichre euch, die Vorhänge seines Bettes wurden zurückgezogen von einer Hand. Nicht die Vorhänge zu seinen Füßen oder die in seinem Rücken, sondern gerade die, auf die sich sein Blick richtete. Die Vorhänge seines Bettes wurden zurückgezogen, und Scrooge, der in eine halb liegende Stellung emporfuhr, sah sich Aug in Auge dem überirdischen Besucher gegenüber, der sie zurückschlug; so nahe, wie ich jetzt euch bin, und ich stehe im Geist an eurem Ellbogen.

Es war eine seltsame Gestalt, einem Kind ähnlich und doch wieder nicht so sehr einem Kind wie einem alten Mann, gesehen durch irgendein übernatürliches Medium, das ihm den Anschein gab, als sei er weit weggerückt und dadurch zu den Maßen eines Kindes zusammengeschrumpft. Sein Haar, das ihm um den Nacken und über den Rücken hing, war weiß wie vom Alter, und doch zeigte das Gesicht keine einzige Runzel, und die zarteste Farbe überschimmerte die Haut. Die Arme waren sehr lang und muskulös, ebenso die Hände, als ob ihr Griff ungewöhnlich fest sei. Seine Beine und Füße waren fein geformt und wie die oberen Gliedmaßen bloß. Der Geist trug einen Kittel vom reinsten Weiß, und um seine Hüfte war ein glänzender Gürtel geschlungen, der herrlich strahlte. In der Hand hielt er ein frischgrünes Reis der Stechpalme, aber sein Gewand war in seltsamem Widerspruch zu diesem Zeichen des Winters mit Frühlingsblumen geziert. Das seltsamste an ihm war jedoch, daß der Krone auf seinem Kopf ein hell glänzender Lichtstrahl entsprang, der alles das sichtbar machte und gewiß die Ursache war, daß der Geist bei übler Laune einen großen Lichtauslöscher, den er jetzt unter dem Arm trug, als Kappe benutzte.

Nein, auch dieses Licht war noch nicht das Seltsamste an ihm, wie Scrooge bemerkte, als er ihn genauer betrachtete. Denn wie sein Gürtel bald an dieser, bald an jener Stelle glitzerte und das, was soeben noch licht war, gleich darauf dunkel wurde, so änderte sich auch die Gestalt selbst in ihrer Deutlichkeit, so daß sie bald nur einen Arm, bald nur ein Bein, dann wieder zwanzig oder auch nur ein Paar Beine, jedoch keinen Kopf und am Ende einen Kopf ohne Rumpf zu haben schien; von den sich auflösenden Teilen war kein Umriß mehr zu sehen in dem tiefen Dunkel, in dem sie verschwammen. Und während man sich noch darüber wunderte, wurde die Gestalt wieder sie selbst, bestimmt und deutlich wie nur je.

»Seid Ihr der Geist, Sir, dessen Erscheinen mir prophezeit wurde?« fragte Scrooge.

»Ja.«

Seine Stimme war sanft und wohltönend, aber ganz leise, als stünde die Erscheinung nicht neben ihm, sondern weit von ihm entfernt.

»Wer und was seid Ihr denn?« fragte Scrooge.

»Ich bin der Geist der vergangenen Weihnacht!« war die Antwort.

»Einer lang vergangenen?« fragte Scrooge im Hinblick auf seine zwerghafte Gestalt.

»Nein. Deiner vergangenen.«

Hätte ihn jemand darum befragt, so hätte Scrooge wahrscheinlich keinen Grund anzugeben gewußt, aber er hegte besonderes Verlangen, den Geist mit seiner Mütze auf dem Kopf zu sehen, und bat ihn daher, sich zu bedecken.

»Wie!« rief der Geist aus, »möchtest du so bald schon mit irdischen Händen das Licht löschen, das ich gebe? Ist es nicht genug, daß du zu denen gehörst, deren Leidenschaften diese Kappe gemacht haben und mich zwingen, sie oft jahrelang tief in die Stirn zu ziehen?«

Scrooge bestritt ehrerbietig jede Absicht, zu beleidigen, und jede Kenntnis davon, daß er irgendwann im Leben das Gespenst mit der Mütze habe bedecken wollen. Dann fragte er kühn, was ihn herführe.

»Dein Wohl!« war die Antwort.

Scrooge versicherte, er sei ihm dafür sehr verbunden, konnte aber nicht umhin zu denken, daß eine Nacht ungestörter Ruhe diesem Zweck zuträglicher gewesen wäre. Der Geist mußte ihn haben denken hören, denn er sagte sofort: »Deine Besserung also. Nimm dich in acht!« Er streckte bei diesen Worten seine starke Hand aus und faßte Scrooge sanft am Arm.

»Steh auf! Und komm mit mir!«

Vergebens hätte Scrooge eingewendet, daß Wetter und Stunde zu Fußwanderungen nicht geeignet seien, daß sein Bett warm sei und das Thermometer ein gutes Stück unter dem Gefrierpunkt stehe; daß er nur leicht mit Pantoffeln, Schlafrock und Nachtmütze bekleidet und zur Zeit erkältet sei. Dem Griff des Geistes, obwohl er sanft wie der einer Frauenhand war, konnte er nicht widerstehen. Er erhob sich; als er aber bemerkte, daß der Geist dem Fenster zuschritt, packte er ihn bittend am Rock.

»Ich bin ein Sterblicher«, wandte er ein, »und dem Fallen ausgesetzt.«

»Laß dich nur von meiner Hand hier berühren«, sprach der

Geist, indem er ihm die Hand aufs Herz legte, »und du sollst zu mehr als diesem befähigt werden!«

Kaum waren diese Worte gesprochen, so schritten sie durch die Mauer und standen auf einer offenen Landstraße mit Feldern zu beiden Seiten; die Stadt war gänzlich verschwunden, keine Spur von ihr war zu sehen; Dunkel und Nebel waren mit ihr entwichen, ein heller, kalter Wintertag lag über schneebedecktem Gefilde.

»Du lieber Himmel!« rief Scrooge und schlug die Hände zusammen, als er um sich blickte. »Hier wurde ich geboren. Hier lebte ich als kleiner Junge!«

Der Geist blickte mild auf ihn. Seine leichte Berührung, obwohl sie kaum merklich und flüchtig gewesen war, schien der alte Mann noch immer zu fühlen. Er wurde sich tausendfältiger Düfte bewußt, die in der Luft schwebten, jeder verknüpft mit tausend Gedanken, Hoffnungen, Freuden und Sorgen, die längst vergessen waren.

»Deine Lippe zittert«, sprach der Geist; »und was ist das hier auf deiner Wange?«

Scrooge murmelte mit ungewöhnlich einschmeichelnder Stimme, daß es nur ein Bläschen sei, und bat den Geist, ihn zu führen, wohin er wolle.

»Erinnerst du dich noch des Weges?« fragte die Erscheinung.

»Ob ich mich erinnere?« rief Scrooge begeistert; »ich könnte ihn blind gehen.«

»Merkwürdig, daß du ihn so lange Jahre vergessen hast«, bemerkte das Gespenst. »Laß uns weitergehen.«

Sie gingen die Straße entlang. Scrooge erkannte jeden Zaun, jeden Pfosten und jeden Baum, bis in der Ferne ein kleiner Marktflecken mit seiner Kirche und seiner Brücke über einen gewundenen Fluß erschien. Nun sahen sie zottige Ponys auf sich zutraben mit Jungen auf dem Rücken, die andern Jungen in Wagen und Bauernkarren etwas zuriefen. All diese Knaben waren sehr munter und jauchzten einander zu, bis die weiten Felder so voll lustiger Klänge waren, daß die klare Luft selbst mitzulachen schien.

»Dies sind nur Schatten von Geschöpfen, die einst gewesen sind«, sprach der Geist, »sie wissen nichts von uns.«

Die frohen Ausflügler kamen näher, und Scrooge kannte sie alle und nannte jeden mit Namen, als sie bei ihnen waren.

Warum freute er sich so unbändig, sie wiederzusehen? Warum leuchtete sein kaltes Auge und schlug sein Herz höher, als sie vorüberbrausten? Warum erfüllte es ihn mit Freude, als er hörte, wie sie einander fröhliche Weihnachten wünschten, wenn sie sich an Wegkreuzungen trennten, um nach Hause zu gelangen? Was bedeuteten fröhliche Weihnachten für Scrooge? Der Henker hole die fröhlichen Weihnachten! Was hatten sie ihm je Gutes gebracht?

»Die Schule ist nicht ganz verwaist«, sagte der Geist; »ein Kind, von seinen Angehörigen vernachlässigt, ist darin zurückgeblieben.«

Scrooge sagte, er kenne es, und brach in Tränen aus.

Sie verließen die Landstraße auf einem wohlbekannten Seitenweg und näherten sich bald einem Gebäude aus dunkelroten Backsteinen; über das Dach ragte eine kleine, mit einem Wetterhahn gezierte Kuppel empor, in der eine Glocke hing. Es war ein stattliches Haus, das aber bessere Tage gesehen hatte; die geräumigen Gemächer waren wenig benutzt, die Mauern feucht und von Moos überwachsen, die Fenster zerbrochen und die Türen dem Einfallen nahe. Hühner gackerten und stolzierten in den Ställen herum, Schuppen und Scheunen waren mit Gras überwuchert. Auch im Innern war nichts von der alten Herrlichkeit zurückgeblieben, denn als sie den öden Hausflur betraten und durch die offenen Türen in manche Zimmer blickten, fanden sie diese armselig möbliert und kalt und ungemütlich. Dumpfer Modergeruch lag in der Luft und frostige Unfreundlichkeit über dem Platz, die an zu frühes Aufstehen bei Kerzenlicht und an nicht zu reichliche Nahrung gemahnte.

Scrooge und das Gespenst schritten über den Hausflur zu einer Tür an der Rückseite des Hauses. Sie tat sich vor ihnen auf und erschloß ein langes, kahles, trübseliges Gemach, das durch Reihen einfacher Bänke und Pulte aus Tannenholz noch kahler wirkte. An einem dieser Pulte saß ganz allein ein Knabe neben einem schwachen Feuer und las, und Scrooge setzte sich in eine Bank und weinte, als er so sein armes vergessenes Ich vor sich sah, wie es einst gewesen war.

Kein schwaches Echo gab es im Haus, kein Mäuschen pfiff und raschelte hinter der Täfelung, kein Tropfen floß aus der halb aufgetauten Wasserröhre hinten im finstern Hof, kein Seufzer entfloh den entlaubten Zweigen einer einzelnen mutlosen Pappel, keine Tür schwang träge an den leeren Vorratsräumen, ja selbst das Feuer gab kein Knistern von sich, ohne daß es sich nicht Scrooge sänftigend aufs Herz gelegt und seinen Tränen freieren Lauf verschafft hätte.

Der Geist tippte ihn auf den Arm und deutete auf sein jüngeres Ich, das ins Lesen vertieft war. Auf einmal stand ein Mann in fremder Tracht draußen vor dem Fenster, wunderbar echt und zum Greifen deutlich; er hatte eine Axt im Gürtel und führte einen holzbeladenen Esel am Zügel.

»Ei sieh! Es ist Ali Baba!« rief Scrooge begeistert aus; »der gute, ehrliche alte Ali Baba! Ja, ich kenn ihn! Einmal zur Weihnachtszeit, als dieses einsame Kind hier ganz allein zurückgeblieben war, erschien er zum erstenmal, gerade wie heute. Der arme Knabe! – Und Valentin«, rief Scrooge, »und sein wilder Bruder Orson! Da gehen sie! Und wie hieß doch gleich der, den man, während er schlief, in Unterhosen vor das Tor von Damaskus setzte? Siehst du ihn nicht? Und des Sultans Reitknecht, der von den Genien auf den Kopf gestellt wurde: dort steht er ja auf dem Kopf! Geschieht ihm ganz recht! Es freut mich. Was mußte er sich auch mit der Prinzessin verheiraten!«

Seinen Geschäftsfreunden in der City wäre es keine geringe Überraschung gewesen, hätten sie gehört, wie Scrooge den ganzen Ernst seines Wesens auf solche Gegenstände verwendete, wobei seine Stimme ganz merkwürdig klang und zwischen Lachen und Weinen schwankte, und hätten sie sein vergnügtes, angeregtes Gesicht gesehen.

»Hier ist der Papagei!« rief Scrooge; »grün der Leib, der Schweif gelb, ganz oben auf dem Kopf trägt er ein Ding wie ein Salatbüschelchen! Hier ist er! ›Armer Robin Crusoe‹, rief er, als dieser von seiner Fahrt um die Insel wieder heimkehrte. ›Armer Robin Crusoe! Wo bist du gewesen?‹ Der Mann glaubte, er träume, aber nein! Es war der Papagei, weißt du! Dort ist Freitag, er rennt um sein Leben nach der kleinen Landzunge! Hallo! Hopp! Hallo!«

Dann brach er mit einem raschen Stimmungswechsel, der seinem Charakter ganz fremd war, wieder in Mitleid mit seinem früheren Ich aus. »Armer Knabe!« rief er und weinte wiederum.

»Ich wünschte wohl ...«, murmelte Scrooge, steckte die Hand in die Tasche und sah sich um, nachdem er sich mit dem Ärmelaufschlag die Augen gewischt hatte, »aber jetzt ist's zu spät!«

»Was wünschtest du?« fragte der Geist.

»Nichts!« antwortete Scrooge. »Gar nichts! Gestern abend kam ein Knabe vor meine Tür und sang ein Weihnachtslied; ich wünschte, ich hätte ihm etwas gegeben – das ist alles!«

Das Gespenst lächelte gedankenvoll, winkte mit der Hand und sagte: »Laß uns einen andern Weihnachtstag beschauen!«

Scrooges einstiges Ich vergrößerte sich bei diesen Worten, und das Gemach wurde etwas dunkler und schmutziger. Das Getäfel schrumpfte ein, die Fenster knarrten; der Gipsbewurf bröckelte von der Decke, und statt seiner zeigten sich nackte Latten. Aber auf welche Weise das alles geschah, wußte Scrooge nicht besser als ihr. Er wußte nur, daß es ganz richtig war: daß sich alles so zugetragen hatte und daß er hier wieder allein war, als alle andern Knaben über die Weihnachtstage nach Hause gegangen waren.

Diesmal las er nicht, sondern schritt verzweifelt auf und nieder. Scrooge sah den Geist an und schaute dann mit traurigem Kopfschütteln ängstlich zur Tür hin.

Sie öffnete sich, und ein kleines Mädchen, weit jünger als der Knabe, hüpfte herein, schlang die Ärmchen um seinen Nacken, küßte ihn immer wieder und begrüßte ihn als »lieben, lieben Bruder«.

»Ich komme, um dich heimzuholen, lieber Bruder!« rief das Kind, schlug seine dünnen Händchen zusammen und schüttelte sich vor Lachen. »Dich heimzuholen, heim, heim!«

»Heim, Fannylein?« fragte der Knabe.

»Ei freilich!« erwiderte das Kind freudestrahlend, »für immer und ewig. Der Vater ist jetzt viel freundlicher, als er sonst zu sein pflegte, so daß es zu Hause ist wie im Himmel! Er redete so zärtlich mit mir, als ich neulich abends zu Bett ging, daß ich mich nicht fürchtete, ihn noch einmal zu fragen, ob du heimkommen darfst; und er sagte, ja, das solltest du, und schickte mich mit dem Wagen her, dich abzuholen. Du sollst jetzt ein Mann werden und nicht mehr hierher zurückkehren«, sprach das Kind mit großen Augen, »zuerst aber wollen wir alle miteinander den Weihnachtstag feiern und die fröhlichste Zeit von der Welt verbringen.«

»Du bist ein richtiges Frauenzimmer, Fannylein!« rief der Knabe. Sie klatschte in die Hände und lachte und versuchte seinen Kopf zu erreichen; weil sie jedoch zu klein war, lachte sie von neuem und stellte sich auf die Zehenspitzen, um ihn zu umarmen. Hierauf begann sie in ihrem kindischen Eifer ihn zur Tür zu zerren, und er folgte ihr gern.

Eine fürchterliche Stimme im Hausflur schrie: »Bringt Master Scrooges Koffer herunter!« und im Flur erschien der Schulmeister selbst. Er stierte Scrooge mit grimmiger Herablassung an und jagte ihm durch seinen Händedruck Angst ein. Dann führte er ihn und seine Schwester in das schauerlichste alte Loch von Besuchszimmer, das man sich denken kann, wo die Landkarten an der Wand und die Erd- und Himmelsgloben an den Fenstern vor Kälte glänzten. Hier zog er einen Krug unglaublich leichten Weins und ein Stück unglaublich schweren Kuchens hervor und teilte diese Leckerbissen dem jungen Volk ratenweise zu; gleichzeitig beauftragte er eine hagere Magd, dem Kutscher draußen »etwas« zu trinken anzubieten, worauf dieser antwortete, er lasse dem Herrn danken, wenn es aber das gleiche Getränk sei, das er schon früher versucht habe, nehme er's für empfangen. Master Scrooges Koffer waren inzwischen auf dem Verdeck des Wagens festgebunden worden, und die Kinder sagten leichten Herzens dem Schulmeister Lebewohl, stiegen in den Wagen und fuhren vergnügt die Gartenallee hinunter, so daß die schnellen Räder den Reif und Schnee von den dunklen Blättern des Immergrüns wie Sprühregen abstreiften.

»Sie war immer ein zartes Wesen, das ein Hauch hätte versehren können; aber sie hatte ein großes Herz!« sagte das Gespenst.

»Ja«, rief Scrooge, »da hast du recht, Geist! Gott verhüte, daß ich das bestritte!«

»Sie starb als verheiratete Frau«, fuhr der Geist fort, »und hatte, glaube ich, Kinder.«

»Eines«, versetzte Scrooge.

»Ja«, sagte der Geist. »Dein Neffe!«

Scrooge schien verstimmt, und er antwortete kurz: »Ja.«

Obwohl sie kaum erst die Schule verlassen hatten, waren sie jetzt doch plötzlich in den geschäftigen Hauptstraßen einer Stadt, wo schattenhafte Menschen hin und her eilten, schattenhafte Kutschen und Karren einander den Weg streitig machten und das Gelärm und Getümmel einer wirklichen Stadt herrschte. An der Aufmachung der Läden erkannte man deutlich genug, daß auch hier Weihnachtszeit war, aber es war Abend, und die Straßen waren erleuchtet.

Das Gespenst machte an der Tür eines bestimmten Warenhauses halt und fragte Scrooge, ob er es kenne.

»Ei freilich«, meinte der, »ich war ja hier Lehrling.«

Sie traten ein, und beim Anblick eines alten Herrn mit französischer Perücke – er saß hinter einem so hohen Schreibpult, daß er sicherlich mit dem Kopf an die Zimmerdecke gestoßen hätte, wenn er nur um zwei Zoll größer gewesen wäre – rief Scrooge in großer Erregung: »Ei, das ist ja der alte Fezziwig! Bei Gott, Fezziwig, wie er leibt und lebt!«

Der alte Fezziwig legte seine Feder nieder und blickte zur Wanduhr empor, die eben auf sieben zeigte. Er rieb sich die Hände, zupfte seine geräumige Weste zurecht, lachte am ganzen Leib, von den Zehen bis zu den Haarspitzen, und rief mit behäbiger, fetter, satter und gönnerhafter Stimme: »Heda! Ihr! Ebenezer! Dick!«

Scrooges früheres Ich, das inzwischen ein junger Mann geworden war, eilte mit seinem Lehrgenossen eifrig herein.

»Dick Wilkins, nicht wahr?« fragte Scrooge den Geist. »Meiner Treu! ja, er ist's! War mir recht zugetan, der Dick! Armer Dick! Lieber, Guter!«

»Heda, meine Jungen!« rief Fezziwig. »Für heute ist Feierabend! Weihnachten ist, Dick! Weihnachten, Ebenezer! Schließt die Fensterladen, ehe einer sagen kann: Jack Robinson!« rief der alte Fezziwig und klatschte laut in die Hände.

Ihr könnt euch kaum vorstellen, wie schnell die beiden Jungen zupackten. Eins, zwei, drei – eilten sie mit den Läden auf die Straße hinaus; vier, fünf, sechs – rückten sie sie an ihre Stelle; sieben, acht, neun – stießen sie die Querstangen und Riegel hinein und waren zurück, ehe einer bis zwölf zu zählen vermochte, atemlos wie Rennpferde.

»Heißa!« rief der alte Fezziwig und sprang mit wunderbarer Behendigkeit von seinem hohen Pult herunter. »Räumt aus, Jungen, und laßt uns hier Platz machen! Hurra, Dick! Heißa, Ebenezer!«

Ausräumen! Es gab nichts, was sie nicht wegräumen wollten oder wegräumen konnten, wenn der alte Fezziwig zusah. In einer Minute war es geschehen: alles, was nicht niet- und nagelfest war, wurde weggeschafft, als sollte es für immer aus dem öffentlichen Leben verschwinden; der Hausflur ward reingekehrt und gespritzt, die Lampen wurden geputzt, Kohlen auf das Feuer gehäuft, und das Warenhaus war ein so behaglicher, warmer, trockener und strahlender Ballsaal, wie man ihn sich an einem Winterabend nur wünschen mag.

Und herein trat ein Fiedler mit einem Notenbuch, bestieg das verlassene Schreibpult, machte ein Orchester daraus und stimmte, daß es nach ärgsten Magenschmerzen klang. Und herein trat Mrs. Fezziwig, ganz und gar zum breiten, vergnügten Lächeln geworden. Und herein traten die drei Misses Fezziwig, strahlend und liebenswürdig; ihnen folgten ihre sechs jungen Anbeter, denen sie fast das Herz brachen. Und herein traten alle die jungen Leute, die im Geschäft angestellt waren. Und herein traten die Hausmagd mit ihrem Vetter, dem Bäkker, die Köchin mit ihres Bruders Busenfreund, dem Milchmann, der Laufbube von gegenüber, der, wie man sagte, bei seinem Herrn nicht genug zu essen bekam und sich hinter der Hausmagd vom zweitnächsten Nachbar zu verbergen suchte, von der man wußte, daß ihre Herrin sie manchmal bei den Ohren nahm. Sie alle kamen hintereinander herein, die einen schüchtern, die anderen verwegen, die einen anmutig, andere tölpelhaft, einige stießen, andere zerrten einander; aber alle kamen auf irgendeine Art herein. Und nun ging es ans Tanzen, zwanzig Paare zugleich. Eine halbe Runde hin, eine halbe zurück, dann hinauf durch den ganzen Saal und wieder hinunter, und dann walzten sie, sich bald so, bald so zärtlich zusammenfindend. Das Paar, das zuerst die Spitze hielt, blieb immer an der unrechten Stelle stehen; das neue anführende Paar fing immer wieder an, wenn es stehenbleiben sollte, so daß es zum Schluß nur erste und keine letzten Paare gab! Als sie so weit waren, klatschte der alte Fezziwig in die Hände, um dem Tanz Einhalt zu gebieten, rief »Bravo!«, und der Fiedler vergrub sein heißes Gesicht in einem Krug Porter, der ausschließlich zu diesem Zweck herbeigeschafft worden war. Da er aber nach seinem Wiederauftauchen jedes Ausruhen verabscheute, setzte er sofort wieder ein, obwohl noch keine Tänzer da waren, gerade als hätte man den früheren Fiedler erschöpft auf einer Tragbahre heimgeschafft, und er wäre ein ganz neuer Mann, der ihn ausstechen oder sterben wollte.

Dann folgten wieder Tänze, dann Pfänderspiele und nochmals Tänze, dann gab es Kuchen und Gewürzpunsch und dann ein großes Stück kalten Braten, dann ein großes Stück kaltes Sudfleisch, dann Fleischpasteten und eine Unmenge Bier.

Aber der Gipfel des Abends kam nach dem Braten und dem Sudfleisch, als der Fiedler – ein Schlaukopf, eine Sorte Mensch, der sein Handwerk besser verstand, als du oder ich es ihn hätten lehren können! – »Sir Roger de Coverley« aufspielte. Da stand der alte Fezziwig auf, um mit Mrs. Fezziwig zu tanzen, noch dazu als erstes Paar, und das war ein hübsches Stück Arbeit für sie! Drei- oder vierundzwanzig Paare nahmen teil – Leute, mit denen im Tanzen nicht zu spaßen war, und Leute, die tanzen wollten, ohne recht gehen zu können.

Aber wenn ihrer doppelt so viele, nein, viermal so viele gewesen wären, der alte Fezziwig hätte es mit ihnen aufgenommen und ebenso Mrs. Fezziwig. Was diese anbelangt, so war sie ihres Partners würdig in jeglichem Sinn des Wortes. Wenn das kein hohes Lob ist, so sagt mir ein höheres, und ich will es gebrauchen. Ein wahres Leuchten schien von Fezziwigs Waden auszugehen, die bei jedem Teil des Tanzes wie Monde schienen: man konnte zu keinem Zeitpunkt voraussagen, was im nächsten aus ihnen werden würde. Und als der alte Fezziwig und Mrs. Fezziwig den ganzen Tanz durchgetanzt hatten, vorwärts und rückwärts, beide Hände dem Partner reichend, mit Verbeugung und Knicks, mit »Korkziehen« und »Nadeleinfädeln« und Rückkehr an den alten Platz, machte der alte Fezziwig noch einen Luftsprung, so geschickt, daß er mit den Füßen zu winken schien und doch ohne Straucheln wieder auf die Füße kam.

Als die Glocke elf schlug, war der Hausball zu Ende. Mr. und Mrs. Fezziwig stellten sich zu beiden Seiten der Tür auf und drückten jedem einzeln die Hand, wenn er oder sie hinausging, und wünschten ihm oder ihr fröhliche Weihnachten. Als alle bis auf die beiden Lehrlinge gegangen waren, verabschiedeten sie sich von diesen ebenso, der fröhliche Lärm erstarb allmählich, und die Burschen konnten ihre Betten aufsuchen, die sich unter einem Zahltisch im hinteren Teil des Ladens befanden.

Während dieser ganzen Zeit hatte sich Scrooge wie außer sich gebärdet. Mit Herz und Seele war er bei der Unterhaltung und bei seinem einstigen Selbst. Er bestätigte alles als getreu der ehemaligen Wirklichkeit, erinnerte sich an alles, freute sich an allem und geriet in die seltsamste Aufregung. Erst jetzt, als die strahlenden Gesichter seines früheren Ichs und Dicks verschwunden waren, erinnerte er sich wieder des Gespenstes und fühlte, daß es ihn voll ins Auge faßte, während das Licht auf seinem Kopf besonders hell strahlte.

»Es gehört wenig dazu, diese dummen Leute dankbar zu machen«, sagte das Gespenst.

»Wenig?« fragte Scrooge.

Der Geist winkte ihm, auf die beiden Lehrlinge zu hören, die sich in Fezziwigs herzlichem Lob erschöpften; und als Scrooge das getan hatte, funr das Gespenst fort: »Nun, ist's nicht wahr? Er hat nur ein paar Pfund von eurem vergänglichen Gold geopfert, drei oder vier vielleicht. Ist es das wert, daß man ihm solches Lob zollt?«

»Es ist nicht das«, sagte Scrooge, gereizt durch diese Bemerkung und unwillkürlich im Tonfall seines früheren, nicht seines jetzigen Ichs. »Es ist nicht das, Geist! Fezziwig hat es in der Hand, uns glücklich oder unglücklich, unsern Dienst leicht oder mühsam, zur Freude oder zur Pein zu machen. Du kannst sagen, seine Macht liege in Worten und Blicken, in Dingen, die so gering und unbedeutend sind, daß man sie kaum aufzählen und zusammenrechnen kann – was schadet das? Das Glück, das er uns verschafft, ist ebenso groß, wie wenn es ein Vermögen kostete.«

Er fühlte den Blick des Geistes und schwieg.

»Was hast du?« fragte das Gespenst.

»Hm – nichts Besonderes«, gab Scrooge zurück.

»Etwas doch, glaube ich?« beharrte das Gespenst.

»O nein«, versetzte Scrooge, »nein. Ich möchte nur gern gerade jetzt meinem Schreiber ein oder zwei Worte sagen können. Sonst nichts.«

Sein früheres Selbst löschte gerade die Lampe, als er diesen Wunsch äußerte, und Scrooge und der Geist standen wieder nebeneinander unter freiem Himmel.

»Meine Frist ist bald um«, meinte die Erscheinung. »Rasch!«

Dieser Befehl galt weder Scrooge noch irgendeinem, den er sah, tat aber sofort seine Wirkung. Denn wieder sah Scrooge sich selbst. Er war jetzt älter, ein Mann in der Blüte seiner Jahre. Sein Gesicht zeigte nicht die schroffen, scharfen Züge späterer Jahre, aber es trug bereits den Stempel der Sorge und der Habsucht. In seinem Auge brannte ein unstetes, gieriges Feuer, das verriet, welche Leidenschaft Wurzel gefaßt hatte und wohin der Schatten des heranwachsenden Baumes fallen würde.

Er war nicht allein, sondern saß an der Seite eines hübschen jungen Mädchens in Trauer. In ihren Augen standen Tränen, und sie schimmerten in dem Licht, das der Geist der vergangenen Weihnacht ausströmte.

»Es liegt dir nichts daran«, sprach das Mädchen leise, »dir liegt gar nichts daran. Ein fremdes Götzenbild hat mich verdrängt, und wenn es dir in Zukunft Trost und Stütze sein kann, die ich dir werden wollte, so habe ich keine gerechte Ursache, zu klagen.«

»Was für ein Götzenbild sollte dich verdrängt haben?« fragte er.

»Ein goldenes.«

»Das ist der Gerechtigkeitssinn der Welt!« sagte er. »Nichts verabscheut sie so sehr wie die Armut, und nichts verdammt sie so streng wie das Trachten nach Wohlstand!«

»Du fürchtest die Welt zu sehr!« antwortete sie bescheiden. »All deine anderen Hoffnungen sind aufgegangen in der einen, ihrem herben Tadel zu entgehen. Ich habe alle deine edleren Regungen eine nach der andern erlöschen sehen, bis dich deine Hauptleidenschaft beherrschte: Gewinnsucht. Ist's nicht so?«

»Und was weiter?« entgegnete er. »Auch wenn ich um so vieles klüger geworden bin, was weiter? Gegen dich bin ich unverändert.«

Sie schüttelte den Kopf.

»Oder nicht?«

»Unser Verlöbnis ist alt. Es wurde geschlossen, als wir beide noch arm waren und bereit, es zu sein, bis wir zu guter Stunde unsere Lebenslage durch geduldigen Fleiß gebessert haben würden. Du hast dich geändert. Als wir uns verlobten, warst du anders.«

»Ich war noch ein Knabe«, warf er ungeduldig ein.

»Dein eigenes Gefühl sagt dir, daß du nicht warst, wie du jetzt bist«, versetzte sie. »Ich bin dieselbe. Was uns einst Glück versprach, als wir noch ein Herz und eine Seele waren, ist nun mit Kummer belastet, da wir nicht mehr eins sind. Wie oft und wie bitter ich diesem Gedanken nachhing, will ich nicht sagen; es ist genug, daß ich es getan habe und daß ich dich freigeben kann.«

»Habe ich je frei zu werden gesucht?«

»In Worten – nein! Nie!«

»Wodurch denn?«

»Durch dein verändertes Wesen, deine andere Sinnesart, durch andere Gewohnheiten, andere Lebenserwartungen. Alles hat sich geändert, was meine Liebe in deinen Augen wertvoll oder erwünscht machte. Wenn nie etwas zwischen uns gewesen wäre«, fuhr das Mädchen fort, indem sie ihm mild, aber fest ins Auge sah, »sag selbst, würdest du mich jetzt noch erwählen und dir Mühe geben, mich zu gewinnen? Nein!«

Wider Willen schien er die Richtigkeit ihrer Annahme zuzugeben; er sagte aber krampfhaft: »Das glaubst du selbst nicht.«

»Ich dächte gern anders, wenn ich könnte«, erwiderte sie. »Gott weiß es. Aber wenn sogar ich eine Wahrheit wie diese begriffen habe, dann weiß ich, wie stark und unumstößlich sie sein muß. Wärst du gestern, heute, morgen frei – soll ausgerechnet ich glauben, daß du ein armes Mädchen wählen würdest, du, der du sogar in deinem vertrautesten Umgang mit mir alles nach dem Gewinn abschätzt? Und wenn du für kurze Zeit deinem einzigen Leitgedanken untreu genug wärst, um sie zu wählen – weiß ich denn nicht, daß dich Reue und Bedauern erfassen würden? Ich weiß es, und daher gebe ich dich frei. Mit einem Herzen voll Liebe für den, der du einst warst.«

Er wollte etwas entgegnen, aber sie fuhr mit abgewandtem Gesicht fort: »Es wird dir vielleicht weh tun – die Erinnerung an das Vergangene läßt es mich fast hoffen. Aber nur sehr, sehr kurze Zeit – und dann wirst du froh die Erinnerung als nutzlosen Traum verscheuchen, aus dem du zum Glück erwacht bist. Mögest du glücklich sein in dem Leben, das du erwählt hast.«

Sie verließ ihn, und sie verschwanden beide. »Geist!« rief Scrooge, »zeige mir nichts mehr! Führe mich heim. Warum macht es dir Freude, mich zu foltern?«

»Nur einen Schatten noch!« versetzte der Geist.

»Nein, keinen mehr!« rief Scrooge, »ich will nichts mehr sehen! Zeige mir nichts mehr!«

Allein das unerbittliche Gespenst umfaßte ihn mit beiden Armen und nötigte ihn, mit anzusehen, was sich jetzt abspielte.

Sie standen wieder auf einem andern Schauplatz: in einem Zimmer, das weder sehr groß noch hübsch, aber behaglich ausgestattet war. Nahe dem winterlichen Feuer saß ein schönes junges Mädchen, dem vorigen so ähnlich, daß Scrooge es für dasselbe hielt, bis er jene, jetzt als stattliche Matrone, ihrer Tochter gegenübersitzen sah. Wilder Lärm herrschte in diesem Gemach, denn es waren mehr Kinder da, als Scrooge in seinem aufgeregten Gemütszustand zählen konnte, und anders als bei der Herde, die das Gedicht feiert, betrugen sich nicht vierzig Kinder wie eines, sondern jedes wie vierzig. Die Folge war ein unglaublicher Tumult, aber niemand schien sich darum zu kümmern; im Gegenteil: Mutter und Tochter lachten herzlich und schienen Gefallen daran zu finden; ja, die Tochter begann bald an dem Umtrieb teilzunehmen und wurde von den jungen Spitzbuben unbarmherzig ausgeplündert. Was hätte ich nicht darum gegeben, einer von ihnen zu sein – obwohl ich nie so roh hätte sein können, gewiß nicht! Für alle Schätze der Welt hätte ich dieses schön gescheitelte Haar nicht verwirren und herabzerren mögen, und den zierlich kleinen Schuh hätte ich ihr nicht weggerissen, Gott bewahre, und wäre es um mein Leben gegangen. Auch ihre Taille im Spaß zu messen, wie die freche junge Brut es tat, hätte ich nicht fertiggebracht: ich hätte gefürchtet, mein Arm werde zur Strafe krumm wachsen und nie wieder gerade werden. Und doch hätte ich brennend gern ihre Lippen berührt, sie etwas gefragt, damit sie den Mund öffne, hätte gern die Wimpern ihrer niedergeschlagenen Augen betrachtet, ohne sie erröten zu machen; hätte gern ihr Haar gelöst, von dem mir eine einzige Locke ein über alle Maßen kostbares Andenken gewesen wäre; kurz, ich gestehe, ich hätte gern das kleinste Vorrecht eines Kindes gehabt und wäre dabei doch gern Manns genug gewesen, um seinen Wert richtig einzuschätzen.

Aber nun ließ sich ein Klopfen an der Tür vernehmen, und das rief sogleich ein fürchterliches Gedränge hervor. Die junge Dame wurde mit lachendem Gesicht und zerzausten Kleidern inmitten einer lärmenden, mutwilligen Gruppe der Tür zugeschoben, gerade rechtzeitig, um den Vater zu begrüßen, der in Begleitung eines mit Weihnachtsspielzeug und Geschenken beladenen Mannes nach Hause kam. Da hätte einer das Kreischen und das Drängen und den Angriff sehen sollen, der auf den wehrlosen Lastträger eröffnet wurde. Auf Stühlen statt der Leitern kletterten sie an ihm empor, um in seine Taschen zu greifen, ihn der braunen Papierpaketchen zu berauben, sich an sein Halstuch zu klammern, ihn um den Nakken zu fassen und in hemmungsloser Aufwallung ihm auf den Rücken zu trommeln und ihn in die Waden zu zwicken! Die Ausrufe des Staunens und des Jubels, die das Öffnen jedes Pakets begleiteten, die Schreckensbotschaft, das Kleinste sei dabei ertappt worden, wie es die Schmorpfanne der Puppe in den Mund steckte, und stehe stark im Verdacht, einen Truthahn, der auf ein hölzernes Blöckchen festgeleimt war, verschluckt zu haben, die grenzenlose Erleichterung, als man fand, daß dies nur ein blinder Alarm gewesen war, die Freude, die Dankbarkeit, das Entzücken – das alles läßt sich nicht wahrheitsgetreu beschreiben. Es genügt zu wissen, daß sich die Kinder samt ihrer Aufgeregtheit allmählich aus der Wohnstube entfernten und, von Stufe zu Stufe springend, in die Mansarde gelangten, wo sie zu Bett gingen und so zur Ruhe kamen.

Nun verfolgte Scrooge mit größter Aufmerksamkeit, wie sich der Herr des Hauses, an den sich seine Tochter liebkosend anschmiegte, mit dieser und ihrer Mutter zum Kamin setzte; und als er sich vorstellte, daß ein ebenso liebliches und verheißungsvolles Wesen ihn hätte Vater nennen, daß es ihm ein Frühling in den rauhen Wintertagen des Lebens hätte sein können, da wurden seine Augen trüb.

»Bella«, sprach der Hausherr lächelnd zu seinem Weib, »ich sah heute nachmittag einen deiner alten Anbeter!«

»Wen denn?«

»Rate!«

»Wie kann ich! Gott, als ob ich's nicht wüßte«, fügte sie noch im selben Atemzug hinzu und stimmte in sein Lachen ein. »Mr. Scrooge.«

»Ja, den! Ich ging unter dem Fenster seines Kontors vorüber, und da die Läden noch nicht geschlossen waren und drinnen eine Kerze brannte, mußte ich ihn notgedrungen sehen. Sein Partner liegt auf den Tod krank, wie ich höre, und da saß er nun allein. Ich glaube, ganz allein in der Welt.«

»Geist!« hub Scrooge mit gebrochener Stimme an, »führ mich weg von hier.«

»Ich sagte dir ja«, gab die Erscheinung zur Antwort, »dies sind nur Schatten von Dingen, die gewesen sind. Daß sie sind, was sie sind, darfst du mir nicht zum Vorwurf machen!«

»Führ mich weg!« rief Scrooge. »Ich kann es nicht ertragen!«

Er drehte sich nach dem Gespenst um. Da sah er, daß es ihn mit einem Gesicht anblickte, in dem sich seltsamerweise Bruchstücke aller der Gesichter vereinigten, die Scrooge zu sehen bekommen hatte, und er begann mit ihm zu ringen.

»Verlaß mich! Bring mich zurück. Verfolge mich nicht länger!«

In dem Kampf – wenn es ein Kampf genannt werden kann, da der Geist, ohne sichtbaren Widerstand zu leisten, doch durch den Angriff seines Gegners nicht berührt wurde – bemerkte Scrooge, daß das Licht des Geistes hoch und hell brannte, und da er das mit seiner Macht über ihn in eine unklare

Verbindung brachte, ergriff er die Mütze, die wie ein Lichtauslöscher aussah, und drückte sie ihm mit einer raschen Bewegung auf den Kopf.

Der Geist verschwand darunter, so daß die Kappe seine ganze Gestalt überdeckte; aber obwohl Scrooge sie mit aller Kraft niederdrückte, konnte er doch das Licht nicht auslöschen, das sich darunter hervor über den ganzen Boden ergoß.

Scrooge fühlte sich erschöpft und von unwiderstehlicher Schläfrigkeit übermannt und war sich zugleich bewußt, in seinem Schlafzimmer zu sein. Er gab der Mütze noch einen letzten Druck, indes seine Hand erlahmte, und hatte sich kaum ins Bett gelegt, als er auch schon in tiefen Schlaf sank.

# DRITTE STROPHE

## *Der zweite der drei Geister*

Als Scrooge mitten in einem wunderbar zähen Schnarchen erwachte und, sich im Bette aufrichtend, seine Gedanken zusammensuchte, brauchte man ihm nicht erst zu sagen, daß die Glocke gerade aushole, um wiederum eins zu schlagen. Er fühlte, daß er eben im rechten Augenblick wieder zum Bewußtsein gekommen sei, um ein Zwiegespräch mit dem zweiten Boten zu führen, der ihm durch Marleys Vermittlung geschickt wurde. Aber da es ihn bei dem Gedanken, welche von den Bettgardinen dieser neue Geist wohl zurückziehen werde, unbehaglich kalt überlief, schlug er sie eigenhändig zu beiden Seiten zurück, legte sich wieder nieder und hielt scharfe Ausschau rund um das Bett. Denn er wollte den Geist im Augenblick seines Erscheinens anreden und sich nicht durch Überraschung einschüchtern und verwirren lassen.

Leute von freier und forscher Art, die sich rühmen, mit manchem Wasser gewaschen und jeder Tageszeit gewachsen zu sein, umschreiben den weiten Kreis ihrer Begabung zum Abenteuer mit der Behauptung, sie seien zu allem zu gebrauchen, vom Münzenwerfen bis zum Meuchelmord: zwischen diesen äußersten Enden liegt zweifellos eine annehmbar weite und umfassende Reihe von Gegenständen. Ohne nun gerade für Scrooge soviel Kühnheit in Anspruch nehmen zu wollen, stehe ich doch nicht an, euch glauben zu lassen, daß er auf eine ziemlich bedeutende Auswahl seltsamer Erscheinungen gefaßt war und zwischen einem Säugling und einem Nashorn ihn nichts besonders in Erstaunen gesetzt hätte.

Aber gerade weil er auf alles vorbereitet war, war er keineswegs auf nichts gefaßt, und als nun die Glocke ein Uhr schlug und kein Gespenst erschien, wurde er folglich von heftigem Zittern ergriffen. Fünf Minuten, zehn Minuten, eine Viertelstunde gingen vorüber, doch nichts ließ sich blicken. Inzwischen lag er auf seinem Bett und bildete genau den Kern und Mittelpunkt einer rötlichen Glut, die, als die Glocke ein Uhr schlug, auf sein Bett floß, und, weil sie nur Licht war, viel aufregender wirkte als ein Dutzend Gespenster; denn Scrooge konnte sich durchaus nicht erklären, was sie bedeuten sollte oder woher sie kam. Manchmal fürchtete er beinahe, er bilde in diesem Augenblick einen merkwürdigen Fall von Selbstverbrennung, ohne den Trost zu haben, davon zu wissen. Endlich begann er doch – was du oder ich gleich zu Anfang gedacht hätten, denn immer weiß ja die nicht betroffene Person am besten, was zu tun gewesen wäre, und hätte es unzweifelhaft auch getan! –, zuletzt, sage ich, begann er doch zu mutmaßen, die geheime Quelle des gespenstischen Lichtes könnte in dem anstoßenden Zimmer sein, von dem es, wenn man es weiterverfolgte, auszuströmen schien. Da ihn dieser Gedanke ganz mit Beschlag belegte, stand er leise auf und schlürfte in seinen Pantoffeln zur Tür.

Im selben Augenblick, da Scrooges Hand den Türdrücker berührte, rief ihn eine unbekannte Stimme bei Namen und bat ihn einzutreten. Er gehorchte.

Es war sein eigenes Zimmer; daran war kein Zweifel, aber es hatte eine überraschende Umwandlung erfahren. Wände und Decke waren so mit frischem Grün behangen, daß es ganz einem Hain glich, in dem überall prächtig glänzende Beeren schimmerten. Die frischen Blätter der Stechpalme, der Mistel und des Efeus warfen das Licht zurück, als ob ebenso viele kleine Spiegel hier verteilt worden wären, und im Kamin prasselte ein so mächtiges Feuer, wie es dieser plumpe, vorsintflutliche Herd weder in Scrooges noch in Marleys Zeiten, noch in vielen, vielen vergangenen Wintern gekannt hatte. Auf dem Boden lagen, zu einer Art Thron aufgeschichtet, Truthähne, Gänse, Wildbret, Hühner, Pökelfleisch, mächtige Schinken, Fäßchen mit Austern, Plumpuddings, geröstete Kastanien, rotbackige Äpfel, saftige Orangen, leckere Birnen, ungeheure Dreikönigskuchen und dampfende Schüsseln mit Punsch, die das Zimmer mit ihrem würzigen Duft erfüllten. Auf diesem Lager saß in nachlässiger Haltung, großartig anzuschauen, ein lustiger Riese, der eine brennende Fackel, fast in der Gestalt eines Füllhorns, in der Hand trug und sie hoch, hoch emporhielt, um ihr Licht auf Scrooge fallen zu lassen, als er rundum schauend unter die Tür trat.

»Komm herein!« rief der Geist; »komm herein, Mann, und lerne mich näher kennen!«

Scrooge trat schüchtern ein und beugte sein Haupt vor dem Geist. Er war nicht mehr der störrische Scrooge, der er gewesen, und obwohl die Augen des Geistes klar und gütig waren, verspürte er keine Lust, ihnen zu begegnen.

»Ich bin der Geist der diesjährigen Weihnacht!« hub die Erscheinung an. »Sieh mich an!«

Scrooge tat es ehrerbietig. Der Geist trug nur einen einfachen tiefgrünen Rock oder Mantel, mit weißem Pelz besetzt. Dieses Gewand hing ihm so lose um den Körper, daß seine breite Brust bloß war, als ob er es verschmähe, sich künstlich zu schützen oder zu verbergen. Auch seine Füße, die unter dem faltenreichen Gewand hervorsahen, waren nackt, und auf dem Kopf trug er keine andere Bedeckung als einen Kranz von Stechpalmen, an dem hier und da glänzende Eiszapfen hingen. Seine langen dunkelbraunen Locken wallten frei herab, frei wie sein frohes Gesicht, sein funkelndes Auge, seine offene Hand, seine muntere Stimme, sein zwangloses Benehmen und sein heiteres Aussehen. Um seine Hüfte hatte er eine altertümliche Schwertscheide gegürtet, aber kein Schwert stak darin, und die alte Scheide war von Rost zerfressen.

»Du hast wohl nie zuvor meinesgleichen gesehen?« rief der Geist.

»Nie!« gab Scrooge zur Antwort.

»Bist nie mit den jüngeren Mitgliedern meiner Familie umhergewandert?« fuhr das Gespenst fort; »damit meine ich eigentlich – denn ich bin noch sehr jung – meine älteren Brüder, die in den letzten Jahren zur Welt kamen.«

»Ich kann mich nicht entsinnen!« sagte Scrooge; »ich fürchte nein! Hast du viele Brüder gehabt, Geist?«

»Mehr als achtzehnhundert!« antwortete der.

»Eine schauerliche Familie, wenn man für sie sorgen muß!« meinte Scrooge.

Der Geist der gegenwärtigen Weihnacht erhob sich.

»Geist!« sprach Scrooge unterwürfig, »führe mich, wohin du willst. In der vergangenen Nacht stand ich unter Zwang und habe dabei eine Lehre empfangen, die jetzt in mir wirkt. Wenn du mich heute nacht etwas lehren willst, so laß mich daraus Nutzen ziehen.«

»Berühre meinen Rock!«

Scrooge tat, wie ihm geheißen, und hielt sich fest.

Stechpalmen, Misteln, Vogelbeeren, Efeu, Truthähne, Gänse, Wildbret, Hühner, Pökelfleisch, Schinken, Ferkel, Würste, Austern, Pasteten, Puddings, Obst und Punsch – alles verschwand im selben Augenblick. Desgleichen das Zimmer, das Feuer, die rote Glut, die Nachtstunde, und sie standen in den Straßen der City am Christtagsmorgen. Die Leute machten im strengen Winterwetter eine rauhe, aber doch fröhliche und nicht ungefällige Art Musik, indem sie den Schnee vom Pflaster vor ihren Häusern und von deren Dächern abkratzten. Und es war ein Jubel für die Knaben zu sehen, wie er auf die

Straße plumpste und in niedliche kleine Schneestürme zerstob.

Die Häuserfronten sahen schwarz aus und die Fenster noch schwärzer im Vergleich zu dem glatten weißen Schneebelag auf den Dächern und dem etwas schmutzigeren Schnee der Straßen, in dessen obere Schicht die schweren Räder der Karren und Wagen tiefe Furchen gezogen hatten; Furchen, die einander hundertmal durchkreuzten, wo die großen Straßen einmündeten, und die in den dicken gelben Schmutz und das eisige Wasser verworrene, schwer zu verfolgende Kanäle eingruben. Der Himmel war düster, und die kürzesten Straßen waren mit dickem Nebel verstopft, halb Dunst und halb gefroren, so daß seine schwereren Teilchen in einer Wolke rußiger Atome herabfielen, als ob alle Kamine in Großbritannien auf Verabredung zu brennen angefangen hätten und nun nach Herzenslust drauflosdampften. Es lag nichts Heiteres im Wetter oder in der Stadt, und doch herrschte draußen eine fröhliche Stimmung, wie sie die klarste Sommerluft und die hellste Sommersonne vergeblich zu verbreiten versucht hätten.

Denn die Leute, die den Schnee von den Dächern schaufelten, waren lustig und voller Freude, riefen einander von den Brustwehren aus zu, bewarfen sich hier und da neckend mit Schneebällen – gutartigen Wurfgeschossen, die gutmütiger als manche Scherzworte sind – und lachten herzlich, wenn sie trafen, und nicht minder herzlich, wenn sie fehlgingen.

Die Geflügelläden waren noch halb offen, und die Obstläden prunkten in ihrem Schmuck. Da sah man in Körben große, runde, dickleibige Kastanien, geformt wie die Bäuchlein lustiger alter Herren, die unter ihren Haustüren lehnen und in ihrer apoplektischen Behäbigkeit auf die Straße hinauswackeln. Da waren rötliche, braungeflammte, breitgedrückte spanische Zwiebeln, die in ihrem fetten, frischen Wachstum glänzten wie spanische Mönche und von ihren Brettern herab mutwillig und schlau den vorübergehenden Mädchen zuwinkten und ehrbar den aufgehängten Mistelzweigen zublinzelten. Da waren Birnen und Äpfel zu blühenden Pyramiden hoch aufgeschichtet; da hingen Bündel von Trauben, von den Händlern in wohlmeinender Absicht an auffälligen Haken angebracht, damit den Vorübergehenden gratis das Wasser im Mund zusammenlaufe; da waren Haufen von Lambertsnüssen, moosig und braun, die durch ihren Wohlgeruch an frühere Spaziergänge durch die Wälder und an das angenehme knöcheltiefe Waten durch welkes Laub gemahnten; da gab es Backäpfel aus Norfolk, die sich dicklich und schwärzlich abhoben vom Goldgelb der Orangen und Zitronen und durch ihre saftige Fülle dringlich lockten und baten, sie in Papiertüten mit nach Hause zu nehmen und nach Tisch zu verzehren. Ja sogar die Gold- und Silberfische, die in einem weiten Glas zwischen diese auserlesenen Früchte gestellt worden waren, schienen, obwohl einem stummen, kaltblütigen Geschlecht angehörend, zu fühlen, daß hier etwas vorging, und schwammen, für einen Fisch hastig genug, in träger, leidenschaftsloser Munterkeit rund durch ihre kleine Welt.

Und nun erst die Gewürzhandlungen! Oh, die Gewürzhandlungen, die fast geschlossen waren, höchstens zwei Läden offen hatten oder gar nur einen, welchen Anblick boten sie durch diese Öffnungen! Nicht allein, daß die Waagschalen, die auf dem Ladentisch auf und nieder stiegen, einen lustigen Klang von sich gaben, daß sich der Bindfaden so flink von der Spule abwickelte, daß die Büchsen wie Taschenspielergerät hin und her geschüttelt wurden, daß der vermischte Duft von Tee und Kaffee so angenehm in die Nase stieg, daß die Rosinen so groß und erlesen, die Mandeln so ausnehmend weiß, die Zimtstengel so lang und gerade, die sonstigen Gewürze so duftend, die kandierten Früchte so schön in geschmolzenem Zucker gefärbt und gehärtet waren, um auch den kaltblütigsten Beschauer schwach und folglich neiderfüllt zu machen, auch nicht, daß die Feigen so saftig und fleischig waren, daß die französischen Pflaumen in ihren geschmückten Schachteln süßsauer erröteten oder daß alles wohlschmeckend und weihnachtlich aufgeputzt war: nein, die Käufer selbst waren so lebhaft und gespannt in der Hoffnung auf den vielverheißenden Tag, daß sie an den Türen gegeneinanderrannten, mit den Weidenkörben heftig zusammenstießen, ihre Einkäufe auf dem Ladentisch liegenließen und sie gleich wieder holen kamen und in denkbar bester Laune hundert ähnliche Mißgriffe begingen. Und der Kaufmann und seine Leute waren so froh und frisch, als wären die polierten Herzen, mit denen sie hinten ihre Schürzen zusammenhielten, ihre eigenen, die sie außen trügen, damit alle sie sehen und die Weihnachtsraben daran picken könnten, wenn sie wollten.

Bald aber riefen die Glocken jedermann zur Kirche und in die Kapelle, und allenthalben kamen die Leute in ihren besten Kleidern und mit ihren fröhlichsten Mienen durch die Gassen geströmt. Gleichzeitig quollen aus Nebengäßchen, Wegen und namenlosen Winkeln ungezählte Leute, um ihre Mittagspasteten zum Bäcker zu bringen. Am Anblick dieser harmlosen Schwelger schien dem Gespenst sehr viel zu liegen, denn es blieb mit Scrooge unter dem Torweg eines Bäckerladens stehen, nahm die Hüllen von den Töpfen, wenn deren Träger vorübergingen, und sprengte aus seiner Fackel Weihrauch auf ihr Mahl. Es war eine recht ungewöhnliche Fackel, denn einoder zweimal, als zwischen einigen Pastetenträgern zornige Worte fielen, weil sie einander gestoßen hatten, goß er aus ihr einige Tropfen Wasser auf sie, und ihre gute Laune war sofort wiederhergestellt. Denn sie sagten dann, es sei eine Schande, am Christtag zu streiten. Und so war es auch! Weiß Gott, so war es!

Mit der Zeit verstummten die Glocken, und die Bäckerläden wurden geschlossen, und doch hinterließen all diese Mittagsmahle und ihre Zubereitung eine freundliche Erinnerung in Gestalt des aufgetauten Fleckes Nässe vor jedem Bäckerofen, wo das Pflaster dampfte, als ob auch die Steine kochten.

»Liegt denn eine besondere Würze in den Tropfen aus deiner Fackel?« fragte Scrooge.

»Allerdings! Die mir eigene!«

»Und paßt sie heute zu jeder Mahlzeit?« fragte Scrooge weiter.

»Zu jeder, die gern gegeben wird. Am besten zu einer ärmlichen.«

»Warum am besten zu dieser?« forschte Scrooge.

»Weil sie ihrer am meisten bedarf.«

»Geist«, sagte Scrooge nach kurzem Nachdenken, »mich wundert, daß du als einziges unter all den Wesen der vielen Welten, die um uns sind, Gefallen daran findest, diesen Leuten die Gelegenheit zu unschuldigem Vergnügen zu verderben.«

»Ich?« rief der Geist.

»Du willst sie ja«, sagte Scrooge, »für jeden siebenten Tag, oft den einzigen, an dem man bei ihnen überhaupt von Mittagsmahl reden kann, der Mittel berauben zu essen! Ist es nicht so?«

»Ich?« rief der Geist.

»Du trachtest danach, jeden siebenten Tag diese Orte zu schließen«, sagte Scrooge, »und das läuft auf eins hinaus.«

»Ich trachte danach?« entfuhr es dem Geist.

»Vergib mir, wenn ich mich irre!« versetzte Scrooge. »Es ist in deinem Namen geschehen oder wenigstens in dem deiner Familie!«

»Es gibt Menschen auf eurer Erde«, entgegnete der Geist, »die behaupten, uns zu kennen. Sie tun alle ihre Taten der Leidenschaft, des Stolzes, der Bosheit, des Hasses, des Neids, der Heuchelei und der Selbstsucht in unserem Namen, sind aber uns und all unseren Verwandten so fremd, als hätten sie nie gelebt. Denk daran und lege ihr Tun ihnen selbst zur Last, nicht uns!«

Scrooge versprach es, und sie brachen unsichtbar wie zuvor in die Vorstädte auf. Der Geist besaß, wie Scrooge unter dem Torweg des Bäckers bemerkt hatte, die seltsame Eigenschaft, daß er sich trotz seiner Riesengröße leicht jedem Raum anzupassen und sich unter einem niederen Dach ebenso ungezwungen und seinem übernatürlichen Wesen gemäß zu bewegen vermochte, wie er es in einer luftigen Halle hätte tun können.

Vielleicht war es das Vergnügen, das der gute Geist darin fand, diese seine Macht zu zeigen, oder auch sein eigenes gütiges, hochherziges Wesen und seine Vorliebe für alle Armen, was ihn geradewegs zu Scrooges Schreiber führte – jedenfalls wandte er sich dorthin und nahm Scrooge mit sich, der sich an seinem Gewand festhielt. Auf der Schwelle blieb der Geist lächelnd stehen, um Bob Cratchits niedriges Haus durch Besprengung mit seiner Fackel zu segnen. Denkt euch, Bob hatte nur fünfzehn »Bob«* wöchentlich; er steckte an den Samstagen nur fünfzehn seiner Namensvettern ein, und doch segnete der Geist der diesjährigen Weihnacht sein Vierzimmerhäuschen.

Da stand Mrs. Cratchit, Cratchits Weib, in einem ärmlichen, bereits zweimal gewendeten Kleid, aber mit billigen Bändern geputzt, die für sechs Pence recht stattlich wirkten, und deckte den Tisch zusammen mit Belinda Cratchit, ihrer zweiten Toch-

* Volkstümlicher Ausdruck für Schilling.

ter, die sich ebenso mit Bändern geschmückt hatte, während Master Peter Cratchit eine Gabel in den Topf mit Kartoffeln steckte. Und als ihm dabei die Ecken seines ungeheuren Hemdkragens – persönliches Eigentum Bobs, heute aber dem Festtag zu Ehren seinem Sohn und Erben übertragen – in den Mund gerieten, frohlockte er, sich so fein ausgestattet zu wissen, und sehnte sich, sein Weißzeug in den eleganten Parks zu zeigen. Und nun stürmten zwei kleinere Cratchits, ein Knabe und ein Mädchen, tobend herein und riefen, daß sie draußen am Bäckerhaus eine gebratene Gans gerochen und sie als ihre eigene erkannt hätten; in genießerischen Gedanken an Salbei und Zwiebeln schwelgend, tanzten diese jüngsten Cratchits um den Tisch und hoben Master Peter Cratchit in den Himmel, während er – gar nicht stolz, obwohl ihn sein Hemdkragen schier erwürgte – das Feuer anblies, bis die trägen Kartoffeln aufwallten und laut an den Topfdeckel pochten, um herausgelassen und geschält zu werden.

»Wo bleibt nur euer guter Vater?« fragte Mrs. Cratchit. »Und euer Bruder, Tiny Tim! Auch Martha ist voriges Jahr eine halbe Stunde früher gekommen!«

»Hier ist Martha, Mutter!« rief ein Mädchen, die unter der Tür erschien.

»Hier ist Martha, Mutter!« riefen die beiden Kleinen. »Hurra, Martha! Es gibt eine soo große Gans!«

»Gottlob, daß du da bist, liebes Kind! Wo steckst du denn so lange?« rief Mrs. Cratchit, küßte sie wohl ein dutzendmal und nahm ihr mit geschäftigem Eifer Halstuch und Hut ab.

»Wir hatten gestern noch bis spät in die Nacht zu arbeiten«, versetzte das Mädchen, »und mußten heute früh aufräumen, Mutter!«

»Nun, Hauptsache, daß du da bist!« sagte Mrs. Cratchit. »Setz dich ans Feuer, Kind, und wärme dich!«

»Nein, nein! Der Vater kommt«, schrien die beiden jungen Cratchits, die überall zu gleicher Zeit waren. »Martha! versteck dich! Versteck dich!«

Martha tat es, und herein trat der kleine Bob, der Vater, dem das Halstuch, die Fransen nicht eingerechnet, mindestens drei Fuß lang herabbaumelte und dessen abgetragener Anzug gestopft und gut gebürstet war, um festlich auszusehen. Auf seinen Schultern saß Tiny Tim. Der Ärmste trug eine kleine Krücke, und seine Glieder wurden durch ein Eisengestell gestützt.

»Wo steckt denn unsre Martha?« rief Bob Cratchit und sah sich um.

»Sie kommt nicht«, sagte Mrs. Cratchit.

»Sie kommt nicht?« fragte Bob, und sein Frohsinn sank jäh, denn er war den ganzen Weg von der Kirche bis hierher Tinys Rennpferd gewesen und keuchend daheim angelangt. »Kommt nicht am Weihnachtstag?!«

Martha konnte ihn nicht enttäuscht sehen, nicht einmal im Scherz; darum kam sie vorzeitig hinter der Alkoventür hervor und stürzte in seine Arme, während die beiden jungen Cratchits den Tiny Tim nahmen und in die Küche hinaustrugen, damit er den Pudding im Kessel brodeln höre.

»Und wie betrug sich Tim?« fragte Mrs. Cratchit, als sie Bob wegen seiner Leichtgläubigkeit ausgezankt und er seine Tochter nach Herzenslust umarmt hatte.

»Gut wie Gold und noch besser«, versetzte Bob. »Vom vielen Alleinsein wird er wohl nachdenklich, und da grübelt er über den seltsamsten Dingen. So sagte er mir auf dem Heimweg, er hoffe, daß ihn die Leute in der Kirche gesehen haben, weil er ein Krüppel sei und ihnen das vielleicht helfe, am Christtag dessen zu gedenken, der lahme Bettler gehen und Blinde sehen macht.«

Bobs Stimme zitterte, als er ihnen das erzählte, und noch mehr, als er sagte, daß Tiny Tim an Kraft und Mut zunehme.

Auf dem Hausflur hörte man die geschäftige kleine Krücke, und ehe noch ein weiteres Wort gesprochen ward, kam Tiny Tim, geleitet von Bruder und Schwester, zurück zu seinem Stuhl neben dem Kamin; Bob schlug seine Rockärmel hoch – als ob sie überhaupt noch schäbiger werden könnten! –, braute in einem Krug aus Wacholderbranntwein und Zitronen ein heißes Getränk, rührte es emsig um und stellte es dann aufs Feuer, um es kochen zu lassen; Master Peter aber und die beiden allgegenwärtigen jungen Cratchits entfernten sich, um die Gans zu holen, mit der sie auch bald in feierlicher Prozession zurückkamen.

Darob entstand ein Freudenlärm, daß man hätte denken können, eine Gans sei der seltenste aller Vögel, ein gefiedertes Wunder, neben dem ein schwarzer Schwan etwas ganz Gewöhnliches sei – und in diesem Haus war sie wirklich einem Wunder ähnlich. Mrs. Cratchit ließ die Soße, die schon zuvor in einer kleinen Pfanne fertig gewesen war, noch einmal aufkochen; Master Peter zerstampfte mit unglaublicher Kraft die Kartoffeln; Miss Belinda süßte das Apfelmus; Martha wischte die gewärmten Teller ab; Bob nahm Tiny Tim und setzte ihn neben sich an ein Eckchen des Tisches; die beiden jungen Cratchits aber rückten für jedermann Stühle zum Tisch, ohne sich selbst zu vergessen, zogen als Wachen auf ihre Posten und steckten die Löffel in den Mund, um nicht nach der Gans zu schreien, bevor die Reihe an sie kam. Endlich waren alle Gerichte aufgetragen und das Tischgebet gesprochen. Ihm folgte eine atemlose Pause, als Mrs. Cratchit langsam am Tranchiermesser entlangsah und sich anschickte, es in die Brust des Tieres zu senken. Und als sie es tat und die lang ersehnte Fülle hervorquoll, erhob sich rings um den Tisch ein entzücktes Raunen, und selbst Tiny Tim schlug, von den zwei jüngeren Geschwistern angespornt, mit dem Heft seines Messers auf den Tisch und rief mit schwacher Stimme hurra.

Eine solche Gans war noch nie dagewesen. Bob sagte, er glaube nicht, daß je ein solcher Vogel gebraten worden sei. Seine Zartheit, sein Wohlgeruch, seine Größe und seine Wohlfeilheit waren Gegenstand allgemeiner Bewunderung. Ergänzt durch Apfelmus und Kartoffeln bildete die Gans eine hinreichende Mahlzeit für die ganze Familie, und als Mrs. Cratchit noch einen ganz kleinen Knochen auf der Schüssel liegen sah, bemerkte sie mit großer Freude, sie hätten nicht einmal alles aufgegessen. Aber jeder hatte genug gehabt, und insbesondere die jüngsten Cratchits waren bis zu den Augenbrauen in Salbei und Zwiebeln getaucht. Aber als jetzt Miss Belinda die Teller wechselte, verließ Mrs. Cratchit das Zimmer allein – ihre Aufregung vertrug keine Zeugen –, um den Pudding zu holen und hereinzubringen.

Angenommen, er wäre nur halb gar! Angenommen, er wäre beim Herausnehmen zerfallen! Angenommen, irgend jemand wäre über die Mauer des Hinterhofes gestiegen und hätte ihn gestohlen, während sie sich an der Gans gütlich taten! – ein Gedanke, bei dem die zwei jungen Cratchits ganz blaß wurden. Alle möglichen Schrecken malte man sich aus.

Hallo! Wie das dampfte! Der Pudding war aus dem Kessel genommen. Nun roch es wie an einem Waschtag – das war das Umschlagtuch. Aber dann roch es wie in einem Gasthaus, neben dem ein Kuchenbäcker wohnt und neben diesem wieder eine Wäscherin. Das war der Pudding. Eine halbe Minute später trat Mrs. Cratchit ein, errötend, aber stolz lächelnd, und brachte den Pudding, hart und fest wie eine scheckige Kanonenkugel, die in einem halben Achtel Rum lodert und von einem Stechpalmenzweig gekrönt ist.

Oh, ein herrlicher Pudding! Bob Cratchit sagte, und das mit aller Ruhe, er halte ihn für das gelungenste Werk, das Mrs. Cratchit in ihrer ganzen Ehe hervorgebracht habe. Mrs. Cratchit aber sagte, jetzt, da ihr der Stein vom Herzen gefallen sei, müsse sie gestehen, daß sie hinsichtlich der Menge des Mehls unsicher gewesen sei. Jedes wußte etwas darüber zu sagen, aber niemand sagte oder dachte, daß es schließlich doch ein kleiner Pudding für eine große Familie sei. Das wäre auch pure Ketzerei gewesen, und ein Cratchit hätte sich geschämt, so etwas anzudeuten.

Endlich war das Mahl vorüber, der Tisch abgedeckt, der Herd gefegt und das Feuer nachgeschürt. Als man das Gebräu im Krug versucht und als fertig befunden hatte, wurden Äpfel und Orangen auf den Tisch gesetzt und eine Schaufel voll Kastanien auf den Rost geschüttet; dann rückte die ganze Familie Cratchit um den Herd zusammen zu dem, was Bob Cratchit einen Zirkel nannte, obwohl es nur ein halber war; und neben Cratchits Ellbogen stand der ganze Familienvorrat an Glas: zwei Wassergläser und eine Rahmkanne ohne Henkel.

Diese faßten jedoch den heißen Inhalt des Kruges ebensogut, wie es goldene Pokale getan hätten, und Bob schenkte ihn strahlenden Blickes aus, während die Kastanien über dem Feuer lustig knisterten und fauchten. Dann erhob Bob sein Glas: »Fröhliche Weihnachten uns allen, meine Lieben. Gott sei mit uns!«

Die ganze Familie stimmte mit froher Andacht in diesen Wunsch ein. »Gott segne uns alle und jeden besonders«, sagte Tiny Tim als letzter.

Er saß auf seinem kleinen Stuhl ganz dicht neben dem Vater, und Bob hielt seine kleine abgemagerte Hand in der seinen, als ob er das Kind besonders liebe und es an seiner Seite zu behalten wünsche, obwohl er fürchte, es möchte ihm entrissen werden.

»Geist«, sprach Scrooge mit einer Teilnahme, wie er sie nie zuvor gefühlt hatte, »sag mir doch, ob Tiny Tim am Leben bleiben wird?«

»Ich sehe einen leeren Stuhl«, versetzte der Geist, »in der Ecke am armseligen Kamin und eine Krücke ohne Eigentümer, die man sorgsam bewahrt. Wenn diese Schatten nicht von der Zukunft geändert werden, wird das Kind sterben.«

»Nein, nein!« rief Scrooge. »Nicht doch, guter Geist! Sag, daß er verschont bleibt.«

»Wenn diese Schatten nicht von der Zukunft geändert werden«, wiederholte das Gespenst, »wird ihn keiner meiner Brüder hier noch finden. Wozu auch? Wenn er lieber sterben will, so soll er es tun und dadurch der Übervölkerung vorbeugen.«

Scrooge senkte sein Haupt, als er seine eigenen Worte von dem Gespenst wiederholen hörte, und war überwältigt von Reue und Kummer.

»Höre, Mensch!« hob der Geist von neuem an, »wenn du das Herz eines Menschen und nicht einen Diamanten in dir trägst, so hüte dich vor so verruchter Rede, bis du entdeckt hast, wie sich der Überschuß an Bevölkerung zusammensetzt und wo er herrscht. Willst du entscheiden, welche Menschen leben und welche sterben sollen? Vielleicht bist du in den Augen des Himmels weit weniger wert und geeignet zu leben als Millionen, die dem Kind dieses armen Mannes gleichen. O Gott! Wenn man das Insekt auf dem Blatt über die zu große Zahl seiner hungrigen Brüder im Staub klagen hören muß!«

Scrooge beugte sich unter dem Vorwurf des Geistes und schlug zitternd die Augen nieder. Aber rasch erhob er sie wieder, als er seinen Namen hörte.

»Auf Mr. Scrooge!« rief Bob. »Auf das Wohlsein des Mr. Scrooge, den Urheber dieses Festes!«

»O ja, Urheber dieses Festes«, rief Mrs. Cratchit. »Ich wollte, ich hätte ihn hier, ich gäbe ihm etwas von meiner Meinung zu kosten, und hoffe, es würde ihm schmecken.«

»Still, Liebe!« erwiderte Bob; »die Kinder! Weihnachtstag!«

»Freilich, es kann auch nur der Weihnachtstag sein«, sagte sie, »an dem man auf die Gesundheit eines so giftigen, mürrischen, harten und gefühllosen Mannes trinkt wie Mr. Scrooge. Du weißt ja, wie er ist, Robert! Niemand weiß es besser als du, armer Mann!«

»Liebes Kind!« war Bobs milde Antwort, »es ist Weihnachtstag!«

»Nun ja!« sagte Mrs. Cratchit, »dir und dem Tag zuliebe, nicht Scrooge zu Ehren will ich auf seine Gesundheit trinken. Langes Leben, fröhliche Weihnachten und ein glückliches Neujahr. Er wird recht vergnügt und glücklich sein, da bin ich überzeugt.«

Auch die Kinder tranken nach ihr auf Scrooge. Es war allerdings das erste, was ohne Herzlichkeit geschah. Tiny Tim trank zuallerletzt, aber ohne Freudigkeit. Mr. Scrooge war der böse Wolf der Familie, und die Erwähnung seines Namens warf einen düsteren Schatten über die Gesellschaft, der sich volle fünf Minuten lang nicht vertreiben ließ.

Als er aber verschwunden war, waren sie zehnmal so vergnügt wie zuvor, nur aus Erleichterung darüber, Scrooge den Schrecklichen los zu sein. Bob Cratchit teilte ihnen mit, daß er für Master Peter eine Stelle im Auge habe, die ihm, wenn er sie erlange, volle fünfeinhalb Schilling eintrage. Die beiden jungen Cratchits lachten überlaut bei dem Gedanken, daß Peter ein Geschäftsmann werden solle, und Peter selbst blickte zwischen seinen Vatermördern hervor so gedankenverloren ins Feuer, als ob er überlegte, welche Anlage er bevorzugen solle, wenn er in den Besitz dieses überwältigenden Einkommens gelange. Martha, die bei einer Putzmacherin in der Lehre war, erzählte ihnen hierauf, was für Arbeiten sie zu machen und wieviel Stunden hintereinander sie geschafft habe, und daß sie morgen früh lang im Bett bleiben wolle, denn es sei ein Feiertag, an dem sie zu Haus bleiben dürfe. Auch berichtete sie, daß sie vor einigen Tagen eine Gräfin und einen Lord gesehen habe, und der Lord sei ungefähr so groß gewesen wie Peter. Darauf zog Peter seine Vatermörder so hoch hinauf, daß ihr sein Gesicht nicht hättet sehen können, wenn ihr dabeigewesen wärt. Unterdessen gingen die Kastanien und der Krug reihum, und dazwischen hörten sie sich ein Lied von einem armen Kind an, das im Schnee wanderte; Tiny Tim sang es recht hübsch mit seinem klagenden Stimmchen.

In alldem lag nichts Bemerkenswertes. Sie waren keine hübsche Familie, waren nicht gut gekleidet, ihre Schuhe waren alles andere als wasserdicht, ihre Kleider abgetragen, und Peter kannte das Innere einer Pfandleihanstalt höchstwahrscheinlich recht gut. Aber sie waren glücklich, dankbar, gut zueinander und zufrieden mit ihrem Leben. Und als sie entschwanden und im hellen Sprühen der Fackel des Geistes bei dessen Abschied noch glücklicher dreinblickten, behielt sie Scrooge bis zuletzt fest im Auge, besonders Tiny Tim.

Inzwischen war es dunkel geworden. Es schneite tüchtig, und als Scrooge und der Geist durch die Straßen gingen, gefiel ihnen der Glanz der lodernden Feuer in Küchen, Wohnzimmern und Räumen aller Art. Hier zeigte der flackernde Schein Vorbereitungen zu einer behaglichen Mahlzeit: heiße Teller, die am Feuer durch und durch gewärmt wurden, und dunkelrote Vorhänge, die man nur zuzuziehen brauchte, um Kälte und Dunkelheit auszuschließen. Dort rannten alle Kinder eines Hauses in den Schnee hinaus, um ihre verheirateten Schwestern, Brüder, Vettern, Onkel und Tanten als erste zu begrüßen. Hier wiederum sah man an den Fenstervorhängen Schatten von Gästen, die sich versammelten, und da trippelte eine Gruppe hübscher junger Mädchen, die alle auf einmal durcheinanderschwatzten, in Mänteln und Pelzstiefeln leichtfüßig einem Nachbarhaus zu, und wehe dem Junggesellen, der sie dort mit hochroten Gesichtern eintreten sah – die kunstreichen Hexchen wußten recht gut Bescheid.

Der Zahl der Menschen nach geurteilt, die zu freundschaftlichen Zusammenkünften unterwegs waren, hätte man eher glauben können, daß niemand zu Hause sein werde, um sie bei ihrer Ankunft zu empfangen, als daß jedes Haus Gäste erwartete und darum den halben Kamin mit Brennstoff gefüllt hatte. Wie freute sich da der Geist! Er entblößte seine breite Brust, tat seine breite Hand auf und streute im Dahinschweben freigebig seine helle, harmlose Lust nach allen Seiten aus, soweit er reichen konnte. Sogar der Laternenanzünder, der vor ihm herlief, um die düstere Straße mit Lichtflecken zu besprenkeln, und bereits das Kleid trug, in dem er den Abend irgendwo zubringen wollte, lachte laut auf, als der Geist vorüberschwebte, obwohl er nicht wußte, daß er mit Weihnachten in Berührung gekommen war.

Und jetzt standen sie, ohne daß es der Geist vorher angezeigt hätte, auf einem kahlen, verlassenen Moorgrund, wo riesige Massen roher Steine verstreut lagen, als wäre hier der Begräbnisplatz von Riesen. Wasser machte sich breit, wo es Lust hatte, oder hätte es doch getan, wenn es der Frost nicht gefangengehalten hätte. Nichts wuchs da als Moos und Ginster und hartes Gras. Tief im Westen hatte die sinkende Sonne einen feuerroten Streifen zurückgelassen, der für einen Augenblick über die öde Fläche blitzte wie ein drohendes Auge und immer finsterer und finsterer wurde, bis er sich im dichten Dunkel der schwärzesten Nacht verlor.

»Was für ein Ort ist das?« fragte Scrooge.

»Ein Ort, wo Bergleute wohnen, die in den Eingeweiden der Erde arbeiten!« antwortete der Geist. »Aber sie kennen mich. Sieh!«

Heller Schein drang aus dem Fenster einer Hütte; sie schwebten rasch auf sie zu. Als sie durch die Wand aus Lehm und Steinen eintraten, fanden sie eine lustige Gesellschaft um ein helles Feuer versammelt: ein steinaltes Ehepaar mit Kindern, Kindeskindern und einer noch jüngeren Generation um sich, alle in ihren Festtagskleidern bunt herausgeputzt. Der alte Mann sang mit einer Stimme, die nur selten das Heulen des Sturmes auf der Einöde zu übertönen vermochte, ein Weihnachtslied, das schon in seinen Knabenjahren sehr alt gewesen war; und von Zeit zu Zeit fielen sie alle im Chor ein. Sooft sie ihre Stimmen erhoben, sang der Alte ebenfalls laut und kräftig, und wenn sie innehielten, ließ auch seine Stimme nach.

Der Geist verweilte nicht hier, sondern bat Scrooge, sich an seinem Kleid festzuhalten, und schwebte mit ihm über die Heide – wohin wohl? Doch nicht auf die See? Ja, auf die See! Als Scrooge zurückschaute, sah er zu seinem Schrecken die letzte Landspitze, einen wüsten Felsengürtel, weit hinter sich, und seine Ohren wurden betäubt vom Donnern der Wogen. In den schaurigen Höhlen, die sie ausgewühlt hatten, rollten, grollten und brüllten sie und suchten gierig die Erde zu untergraben.

Auf dem ungastlichen Riff einer unsichtbaren Klippe, einige Meilen vor der Küste, an die das Wasser jahraus, jahrein schäumte und toste, stand ganz allein ein Leuchtturm. Große Büschel Tang hingen an seinem Fuß, und Sturmvögel – man hätte sie für Kinder des Windes halten mögen wie den Tang für ein Kind des Wassers – stiegen und fielen um ihn herum gleich den Wellen, die sie streiften.

Aber selbst hier hatten die zwei Männer, die das Licht bewachten, ein Feuer angezündet, das durch das Guckloch in der dicken Steinmauer einen glänzenden Strahl auf die furchtbare See warf. Über den rauhen Tisch hin, an dem sie saßen, reichten sie sich die schwieligen Hände und wünschten sich bei ihrer Kanne Grog fröhliche Weihnachten; und einer von ihnen, noch dazu der ältere, dessen Gesicht vom rauhen Wetter gefurcht und zerrissen war wie die Galionsfigur eines alten Schiffes, stimmte einen kernigen Gesang an, der selber wie Windgebraus klang.

Weiter zog der Geist über die schwarze, wogende See hin, bis sie sich weit, weit vom Ufer entfernt, wie er Scrooge mitteilte, auf ein Schiff herniedersenkten. Sie standen neben dem Steuermann am Rad, neben dem Ausguckposten im Mastkorb, neben den Offizieren, die die Wache hatten – lauter dunklen, geisterhaften Gestalten, die ihren verschiedenen Dienst versahen; aber jeder von ihnen summte ein Weihnachtslied oder hatte einen Weihnachtsgedanken oder sprach leise mit seinem Kameraden von irgendeinem vergangenen Weihnachtstag und den heimlichen Hoffnungen auf Heimkehr, die sich damit verknüpften. Und jeder Mann an Bord, ob wach oder schlafend, gut oder schlimm, hatte heute ein freundlicheres Wort für seine Gefährten gehabt als an irgendeinem andern Tag des Jahres, hatte bis zu einem gewissen Grad an seiner Feier teilgenommen, hatte derer in der Ferne gedacht, die er liebte, und gewußt, daß sie gern an ihn dachten.

Während Scrooge dem Stöhnen des Windes lauschte und darüber nachsann, wie feierlich es sei, so durch die einsame Finsternis über unbekannte Abgründe zu fahren, deren Tiefen so tief und geheimnisvoll waren wie der Tod, war es für ihn eine große Überraschung, mitten in diesen Gedanken ein herzliches Lachen zu hören. Und seine Überraschung war noch viel größer, als er es als das Lachen seines Neffen erkannte und sich in einem hellen, trockenen Zimmer wiederfand. Der Geist stand lächelnd neben ihm und betrachtete diesen selben Neffen beifällig und freundlich.

»Ha ha!« lachte Scrooges Neffe, »ha ha ha!«

Wenn du durch einen unwahrscheinlichen Zufall einen Mann kennenlernen solltest, der noch besser lachen kann als Scrooges Neffe, so kann ich nur sagen, daß ich ihn gleichfalls kennenlernen möchte! Führ ihn bei mir ein, und ich will seine Bekanntschaft pflegen.

Es ist eine schöne, ausgleichende, edle Einrichtung, daß, so ansteckend auch Krankheit und Kummer sein mögen, doch nichts so unwiderstehlich um sich greift wie Lachen und gute Laune. Als Scrooges Neffe so sehr lachte, daß er sich die Seiten hielt, mit dem Kopf wackelte und sein Gesicht zu den ausgefallensten Grimassen verzog, da mußte seine Gattin, Scrooges angeheiratete Nichte, ebenso herzlich lachen wie er. Und ihre versammelten Freunde blieben kein bißchen hinter ihnen zurück und lärmten lustig los.

»Ha ha! Ha ha ha ha!«

»So wahr ich lebe«, rief Scrooges Neffe, »Possen nannte er Weihnachten! Und er glaubt es wirklich!«

»Um so beschämender für ihn, Fred!« rief Scrooges Nichte entrüstet. Gott segne diese Frauen! Nie tun sie etwas halb, stets ist's ihnen ernst.

Sie war hübsch, auffallend hübsch. Sie hatte ein reizendes, immer erstauntes Gesicht mit Grübchen in den Wangen, einen frischen kleinen Mund, der ganz zum Küssen geschaffen schien – und zweifellos auch geküßt wurde –, sie trug alle Arten hübscher kleiner Flecken um ihr Kinn, die ineinanderflossen, wenn sie lachte, und hatte das sonnigste Paar Augen, das ihr je im Kopf eines kleinen Geschöpfs gesehen habt. Alles in allem war sie, was man herausfordernd nennen könnte, ihr wißt schon! Aber dabei wohltuend, durch und durch wohltuend.

»Er ist ein komischer alter Kauz«, sagte Scrooges Neffe, »das muß wahr sein, und nicht so nett, wie er sein könnte. Aber schließlich rächen sich seine Fehler an ihm selbst, und ich habe nichts gegen ihn.«

»Er ist sicherlich sehr reich, Fred«, meinte Scrooges Nichte. »Wenigstens hast du mir das immer gesagt.«

»Was bedeutet das, Liebe?« fragte Scrooges Neffe. »Sein Reichtum nützt ihm nichts. Er tut nichts Gutes damit. Er gönnt sich selbst nichts. Er hat nicht einmal die Befriedigung, sich vorzustellen, daß er einmal uns einen Gefallen damit tun wird – ha ha ha!«

»Ich habe keine Nachsicht mit ihm«, bemerkte Scrooges Nichte, und ihre Schwestern und alle übrigen Damen stimmten ihr zu.

»Oh, ich schon!« sagte Scrooges Neffe. »Er tut mir leid; ich könnte ihm nicht böse sein, auch wenn ich's versuchte. Wer leidet unter seinen törichten Launen? Immer er selbst! Da hat er sich's in den Kopf gesetzt, uns nicht leiden zu können, und darum will er nicht kommen und bei uns speisen. Was ist die Folge? Er verliert nicht viel an einem Mittagessen.«

»Na«, unterbrach ihn seine Gattin, »ich denke, er verliert ein sehr gutes Mittagessen!« Alle anderen behaupteten dasselbe, und man mußte sie als kompetente Richter gelten lassen, da sie soeben das Mittagsmahl verzehrt hatten und nun mit dem Nachtisch vor sich bei Lampenlicht um den Kamin versammelt waren.

»Nun, es freut mich, das zu hören«, versetzte Scrooges Neffe, »weil ich nun einmal kein großes Vertrauen zu diesen jungen Hausfrauen habe. Was meinst du, Topper?«

Topper hatte sichtlich ein Auge auf eine der Schwestern von Scrooges Nichte geworfen, denn er behauptete, ein Junggeselle sei ein unwürdiger Ausgestoßener, der kein Recht habe, über diesen Gegenstand eine Meinung abzugeben. Darüber errötete eine dieser Schwestern, und zwar die dicke mit dem Spitzenhalstuch, nicht die mit den Rosen im Haar.

»Vorwärts, Fred«, rief Scrooges Nichte und klatschte in die Hände. »Er wird nie mit dem fertig, was er zu sagen beginnt. Er ist ein zu drolliger Kauz.«

Scrooges Neffe brach wieder in Lachen aus, und da es unmöglich war, der Ansteckung zu entgehen, obwohl es seine dicke Schwägerin mit Würzessig versuchte, folgte man einmütig seinem Beispiel.

»Ich wollte vorhin nur sagen«, fing Scrooges Neffe von neuem an, »seine Abneigung gegen uns und seine Weigerung, mit uns lustig zu sein, bringt ihm meines Erachtens nur das ein, daß er ein paar vergnügte Augenblicke versäumt, die ihm nichts schaden könnten. Ich bin überzeugt, er verliert eine lustigere Gesellschaft, als er sie in seinen eigenen Gedanken oder in seinem verschimmelten alten Kontor oder in seinen staubigen Zimmern finden kann. Ich will ihm jedes Jahr die gleiche Gelegenheit bieten, ob er sie nun nutzt oder nicht, denn er tut mir leid. Mag er auch über Weihnachten spotten, bis er stirbt, so behaupte ich ihm zum Trotz, daß er davon eine bessere Meinung einfach noch gewinnen muß, wenn er mich Jahr für Jahr gutgelaunt erscheinen sieht und mich fragen hört: ›Onkel Scrooge, wie geht es Ihnen?‹ Wenn ihm das nur den Gedanken eingibt, seinem armen Schreiber fünfzig Pfund zu hinterlassen, so ist das schon etwas, und ich glaube, ich habe ihn gestern etwas aufgerüttelt.«

Jetzt war die Reihe zu lachen an den andern bei der Vorstellung, er habe Scrooge aufgerüttelt. Aber er war durch und durch gutmütig und kümmerte sich nicht viel darum, worüber sie lachten, wenn sie nur überhaupt lachten, so daß er sie selbst in ihrer Lustigkeit ermunterte und fröhlich die Flasche herumbot.

Nach dem Tee wurde musiziert; denn sie waren eine musikalische Familie und wußten, was sie taten, wenn sie ein Chorlied oder einen Kanon sangen, das kann ich euch sagen! Besonders Topper, der den Baß brummen konnte so gut wie nur einer, ohne daß ihm die großen Stirnadern anschwollen oder sein Gesicht rot wurde. Scrooges Nichte spielte trefflich Harfe und spielte unter andern Weisen auch ein schlichtes Lied – das reine Nichts: ihr könnt es in zwei Minuten pfeifen lernen. Dieses Lied war auch jenem Kind geläufig gewesen, das Scrooge von der Kostschule abholte, wie es ihm der Geist der vergangenen Weihnacht ins Gedächtnis gerufen hatte. Als jene Melodie erklang, fielen ihm alle die Dinge, die ihm der Geist gezeigt hatte, wieder ein; er wurde immer weicher gestimmt. Wenn er diesem Lied, so fühlte er, vor Jahren öfter hätte lauschen können, er hätte die angenehmen Seiten des Lebens um seines eigenen Glückes willen mit eigener Hand mehr gepflegt, ohne seine Zuflucht zu dem Spaten des Totengräbers zu nehmen, der Jakob Marley beerdigt hatte.

Aber sie widmeten nicht den ganzen Abend der Musik. Nach einer Weile begannen sie ein Pfänderspiel, denn es ist gut, zuweilen wieder zum Kind zu werden, und nie ist das besser als zu Weihnachten, da dessen erhabener Stifter damals selbst ein Kind war. Halt! Vorher spielten sie Blindekuh. Natürlich. Und ich glaube ebensowenig, daß Topper wirklich blind war, wie ich glaube, daß er Augen in den Stiefeln hatte, sondern ich meine, daß es eine abgemachte Sache zwischen ihm und Scrooges

Neffen war, um die auch der Geist der gegenwärtigen Weihnachten wußte. Die Art, wie Topper hinter der dicken Schwester im Spitzenkragen her war, hieß vermessentlich gegen die Leichtgläubigkeit der menschlichen Natur verstoßen: wohin sie ging, da folgte er ihr, wenn er auch dabei Schüreisen umwarf, über Stühle stolperte, an das Piano stieß und sich in den Vorhängen verhedderte. Er wußte immer, wo die dicke Schwester war; er wollte niemanden sonst fangen. Trat ihm jemand absichtlich in den Weg, wie einige es taten, so heuchelte er das Bestreben, ihn zu greifen, so plump, daß es für die Geisteskräfte der anderen beleidigend war, und gleich schob er sich wieder in Richtung der dicken Schwester. Oft rief sie aus, das sei nicht ehrlich gespielt, und das war es auch wirklich nicht. Aber als er sie zuletzt fing, als er sie trotz all ihres Seidengeraschels und ihres eiligen Vorbeiflatterns an ihm in eine Ecke gedrängt hatte, aus der es kein Entrinnen gab, da betrug er sich erst recht verdammenswert. Denn sein Vorgeben, daß er sie nicht kenne und deshalb ihren Kopfputz berühren und einen bestimmten Ring an ihrem Finger und eine bestimmte Kette an ihrem Hals befühlen müsse, um sich über ihre Person klarzuwerden, war nichtswürdig, ungeheuerlich! Ohne Zweifel sagte sie ihm ihre Meinung darüber, als sie, während ein anderer Blindekuh war, hinter den Fenstervorhängen sehr vertraulich beisammenstanden.

Scrooges Nichte nahm an dem Blindekuhspiel nicht teil, sondern machte es sich in einer traulichen Ecke in einem Lehnstuhl und mit einem Fußschemel bequem, wo der Geist und Scrooge dicht hinter ihr standen. Beim Pfänderspiel dagegen tat sie mit und umschrieb den Gegenstand ihrer Liebe mit allen Buchstaben des Alphabets. Auch im »Wie, Wann, Wo« glänzte sie und stach zur heimlichen Freude von Scrooges Neffen ihre Schwestern gänzlich aus, obwohl auch sie scharfsinnige Mädchen waren, wie euch Topper hätte sagen können. Es mochten etwa zwanzig Leute versammelt sein, junge und alte, aber alle spielten mit, sogar Scrooge. Denn in seiner Teilnahme an allem, was vorging, vergaß er ganz, daß seine Stimme in ihren Ohren keinen Klang hervorrief, und platzte bisweilen mit seiner Lösung ganz laut heraus, und sehr oft riet er obendrein richtig, denn die spitzigste Nähnadel, Marke Whitechapel, garantiert glattes Öhr, bohrt nicht schärfer, als Scrooge es tat, wenn er sich auch in den Kopf gesetzt hatte, stumpf zu sein.

Der Geist war sehr erfreut, ihn in dieser Stimmung zu sehen, und blickte ihn so wohlwollend an, daß ihn Scrooge wie ein Kind bat, doch bleiben zu dürfen, bis die Gäste aufbrachen. Aber der Geist sagte, das sei unmöglich.

»Jetzt beginnt ein neues Spiel«, bat Scrooge. »Nur noch ein halbes Stündchen, Geist, nur ein einziges!«

Dies Spiel hieß »Ja und Nein«. Scrooges Neffe sollte sich etwas denken, und die übrigen mußten es raten, und er durfte ihre Fragen nur mit Ja oder Nein beantworten. Das Kreuzfeuer von Fragen, dem er ausgesetzt war, brachte zutage, daß er sich ein Geschöpf denke, ein Lebewesen, ein ziemlich unangenehmes, ein wildes, das manchmal brumme und grunze, manchmal spreche, in London wohne, auf den Straßen umhergehe, nicht ausgestellt und von niemandem geführt werde, das in keiner Menagerie lebe, nie im Schlachthaus getötet werde und kein Pferd, kein Esel, weder Kuh noch Stier, kein Tiger, kein Hund, kein Schwein, keine Katze und kein Bär sei. Bei jeder weiteren Frage, die man ihm stellte, brach der Neffe in neues schallendes Gelächter aus und fühlte sich so unsagbar gekitzelt, daß er vom Sofa aufstehen und mit den Füßen stampfen mußte. Endlich geriet die dicke Schwester in einen ähnlichen Zustand und rief: »Ich hab's, Alfred! Ich weiß, was es ist!«

»Was denn?« rief Alfred.

»Dein Onkel Scrooge!«

Der war's auch. Allgemeine Bewunderung wurde laut, obgleich jemand einwandte, daß die Frage: »Ist es ein Bär?« hätte bejaht werden müssen; denn die Verneinung habe genügt, ihre Gedanken von Mr. Scrooge abzulenken, sofern sie in diese Richtung gezielt hätten.

»Er hat uns recht viel Vergnügen gemacht, nicht wahr?« sagte Alfred, »und es wäre daher undankbar, nicht auf seine Gesundheit zu trinken. Hier ist gerade ein Glas Glühwein zur Hand, und ich rufe daher: Onkel Scrooge soll leben!«

»Jawohl, er soll leben!« riefen alle.

»Fröhliche Weihnachten und ein glückliches Neujahr dem Alten, mag er sein, wie er will!« rief Scrooges Neffe. »Er wollte es zwar nicht von mir annehmen, aber er soll es nichtsdestoweniger haben. Onkel Scrooge soll leben!«

Onkel Scrooge war unmerklich so lustig und leichtherzig geworden, daß er der ahnungslosen Gesellschaft Bescheid getan und ihr in einer unhörbaren Rede gedankt hätte, wenn ihm der Geist Zeit dazu gelassen hätte. Aber alles verschwand mit dem Hauch des letzten Wortes, das sein Neffe sprach, und Scrooge und der Geist befanden sich wieder auf ihrer Reise.

Sie sahen viel und schweiften weit umher und besuchten viele Heime, aber stets mit glücklichem Ausklang. Der Geist stand neben den Kranken, und sie waren fröhlich; in fremden Ländern, und sie waren der Heimat verbunden; neben hart Ringenden, und sie waren geduldig in steigender Hoffnung; neben der Armut, und sie war Reichtum. Im Armenhaus, im Spital und im Kerker, in jedem Zufluchtsort des Elends, wo der eitle Mensch in seiner kleinen kurzlebigen Gewalt nicht selbst die Tür verriegelt und den Geist ausgeschlossen hatte, ließ er seinen Segen zurück und unterwies Scrooge in seiner Lehre.

Es war eine lange Nacht, falls es nur eine Nacht war; aber daran zweifelte Scrooge, weil die Weihnachtsfeiertage in den Zeitraum zusammengezogen schienen, den sie zusammen verbrachten. Es war auch merkwürdig, daß, während Scrooge in seiner äußeren Gestalt unverändert blieb, der Geist älter wurde, merklich älter. Scrooge hatte diesen Wechsel bemerkt, aber nie davon gesprochen, bis sie eine Weihnachtskindergesellschaft verließen und er, als sie zusammen im Freien standen, den Geist ansah und erkannte, daß sein Haar grau war.

»Leben Geister so kurz?« fragte Scrooge.

»Mein Leben auf dieser Erde ist sehr kurz«, versetzte der Geist; »es endet heute nacht.«

»Heute nacht?« rief Scrooge.

»Heute um Mitternacht. Horch! Schon rückt die Zeit heran!« Die Glocken schlugen gerade drei Viertel nach elf.

»Vergib mir, wenn ich etwas frage, das mich nichts angeht«, sprach Scrooge, indem er aufmerksam auf das Gewand des Geistes blickte; »ich sehe etwas Sonderbares, was nicht dir selbst angehört, unter dem Saum deines Kleides hervorragen. Ist es ein Fuß oder eine Klaue?«

»Es könnte eine Klaue sein, dem wenigen Fleisch nach, das daran sitzt«, war die traurige Antwort. »Sieh her!«

Aus den Falten seines Gewandes zog er zwei Kinder hervor: elende, abstoßende, häßliche, verstörte, erbarmungswürdige Geschöpfe. Sie knieten zu seinen Füßen nieder und klammerten sich außen an sein Gewand.

»O Mensch, sieh her! Sieh, sieh vor dich hin!« rief der Geist.

Es waren ein Knabe und ein Mädchen, gelb, hager, zerlumpt, verwahrlost, wölfisch, aber dennoch in Demut geduckt. Wo Jugendanmut ihre Züge hätte füllen und sie mit den frischesten Farben hätte behauchen sollen, hatte eine dürre, verschrumpfte Hand wie die des Alters die Kinder berührt, verunstaltet und in Lumpen gesteckt. Wo Engel hätten thronen sollen, lauerten Teufel und drohten aus großen Augen. Keine Abwandlung, Abschwächung, Entartung des Menschentums weist auf irgendeiner Stufe unter allen Geheimnissen der Schöpfung auch nur halb so scheußliche, entsetzliche Ungeheuer auf.

Erbleichend bebte Scrooge zurück. Da sie ihm auf diese Weise vorgezeigt worden waren, versuchte er zu sagen, es seien hübsche Kinder, aber die Worte erstickten sich eher selbst, als daß sie Teil einer so ungeheuerlichen Lüge sein wollten.

»Sind das deine Kinder, Geist?« Mehr brachte Scrooge nicht heraus.

»Es sind Menschenkinder«, antwortete der Geist, indem er auf sie hinabsah. »Sie klammern sich an mich, um gegen ihre Väter Klage zu führen. Der Knabe hier heißt Unwissenheit, das Mädchen Mangel. Hüte dich vor beiden und vor allen ihres Geschlechts, am meisten aber vor diesem Knaben, denn auf seiner Stirn lese ich Verderben geschrieben, wenn die Schrift nicht gelöscht wird. Leugnet es!« rief der Geist, indem er seine Hand gegen die Stadt ausstreckte. »Lästert die, die es euch sagen! Verwendet es zu euren Parteizwecken und verschlimmert es noch! Und wartet das Ende ab!«

»Haben sie denn keine Zuflucht oder Stütze?« fragte Scrooge.

»Gibt's denn keine Gefängnisse mehr?« fuhr der Geist fort, indem er sich zum letztenmal mit Scrooges eigenen Worten an ihn wandte; »bestehen keine Arbeitshäuser mehr?«

Da schlug die Glocke zwölf.

Scrooge sah sich nach dem Geist um und erblickte ihn nicht mehr. Als der letzte Glockenschlag ausgezittert hatte, gedachte er der Prophezeiung des alten Jakob Marley, und die Augen aufschlagend, gewahrte er ein feierliches Gespenst, das völlig verhüllt wie ein Nebel ihm am Boden entgegenschwebte.

# VIERTE STROPHE
## *Der letzte der Geister*

Das Gespenst nahte langsam, ernst und schweigend. Als es dicht vor ihm stand, fiel Scrooge auf die Knie, denn sogar in der Luft, durch die er schwebte, schien dieser Geist Düsterkeit und Geheimnis zu verbreiten.

Er war in ein tiefschwarzes Gewand gehüllt, das Kopf, Antlitz und Gestalt verbarg und nichts von ihm sehen ließ als eine ausgestreckte Hand. Wäre die nicht gewesen, so wäre es schwergefallen, seine Gestalt von der Nacht zu unterscheiden und sie von der Finsternis zu trennen, die sie umgab.

Scrooge fühlte, als das Gespenst auf ihn zutrat, daß es hochgewachsen und stattlich war und daß ihn seine geheimnisvolle Gegenwart mit feierlichem Bangen erfüllte. Mehr wußte er nicht, denn der Geist sprach nicht und rührte sich nicht.

»Ich stehe wohl vor dem Geist der künftigen Weihnacht?« sprach Scrooge.

Der Geist antwortete nicht, sondern deutete mit der Hand vorwärts.

»Du bist gekommen, mir die Schatten der Dinge zu zeigen, die sich noch nicht ereignet haben, sondern sich erst in der Zeit ereignen werden, die vor uns liegt?« fuhr Scrooge fort. »Ist das so, Geist?«

Der obere Teil des Gewandes zog sich für einen Augenblick in Falten, als ob der Geist sein Haupt geneigt habe. Das war die einzige Antwort, die Scrooge empfing.

Obwohl er sich inzwischen an den Umgang mit Geistern gewöhnt hatte, fürchtete er sich vor der schweigenden Gestalt doch so sehr, daß seine Beine wankten, und er fühlte, daß er kaum stehen konnte, als er sich anschickte, dem Geist zu folgen. Der wartete einen Augenblick, als ob er Scrooges Zustand bemerkte und ihm Zeit zur Erholung gönnen wollte.

Aber Scrooge wurde dadurch noch übler zumute. Es durchschauerte ihn mit unbestimmtem Entsetzen zu wissen, daß hinter dem düstern Gewand Geisteraugen eindringlich auf ihm ruhten, während er, obwohl er sein Auge aufs äußerste anstrengte, doch nichts sehen konnte als eine gespenstische Hand und einen einzigen großen schwarzen Fleck.

»Geist der Zukunft!« rief er aus, »ich fürchte dich mehr als irgendeines der Gespenster, die ich gesehen habe. Da ich aber weiß, daß du die Absicht hast, mir Gutes zu tun, und da ich hoffe weiterzuleben, um ein anderer Mensch zu werden, als ich bisher war, so bin ich darauf vorbereitet, deine Gesellschaft zu ertragen, und tue es mit dankbarem Herzen. Willst du nicht mit mir reden?«

Der Geist gab ihm keine Antwort. Seine Hand wies geradeaus vor ihn hin.

»Geh voran«, sprach Scrooge, »führe mich! Die Nacht schwindet schnell, und ich weiß, es ist für mich eine kostbare Zeit. Führe mich, Geist!«

Der Geist glitt hinweg, wie er auf ihn zugekommen war. Scrooge folgte im Schatten seines Gewandes, das ihn, wie er glaubte, emporhob und davontrug.

Nicht sie schienen sich der City zu nähern – diese schien vielmehr auf sie zuzuspringen und sie aus eigenem Antrieb zu umschließen. Da waren sie auch schon in ihrem Herzen, auf der Börse unter den Kaufleuten, die eifrig hin und her eilten, mit dem Geld in ihren Taschen klimperten, in Gruppen zusammenstanden und sich besprachen, auf die Uhr schauten, gedankenvoll mit ihren großen, goldenen Siegeln spielten und dergleichen Dinge mehr taten, wie Scrooge sie oft gesehen hatte.

Der Geist blieb neben einem Häuflein solcher Geschäftsleute stehen. Als Scrooge seine Hand auf sie hindeuten sah, näherte er sich ihnen, um ihr Gespräch zu belauschen.

»Nein«, sprach ein großer, dicker Mann mit gewaltigem Kinn, »ich weiß sonst nicht viel darüber; ich weiß nur, daß er tot ist.«

»Wann starb er?« fragte ein anderer.

»Heute nacht, glaube ich.«

»Was fehlte ihm denn?« fragte ein dritter und nahm dabei eine tüchtige Prise aus einer sehr großen Schnupftabaksdose; »ich dachte, der stürbe nie.«

»Gott weiß, was ihm fehlte«, erwiderte der erste gähnend.

»Was hat er denn mit all seinem Geld angefangen?« fragte ein Herr mit rotem Gesicht und einem herabhängenden Auswuchs an der Nase, der wie die Hautlappen eines Truthahns wackelte.

»Ich habe nichts darüber gehört«, antwortete der Mann mit dem Riesenkinn und gähnte von neuem; »er hat es vielleicht seiner Genossenschaft vermacht. Mir hat er es nicht vererbt, das weiß ich.«

Dieser Scherz wurde mit allgemeinem Gelächter aufgenommen.

»Es wird wohl ein recht billiges Leichenbegängnis werden«, fuhr derselbe Sprecher fort; »so wahr ich lebe, ich weiß keinen, der mitgeht. Wollen wir uns nicht zusammentun und freiwillig daran teilnehmen?«

»Ich habe nichts dagegen, wenn für ein Frühstück gesorgt ist«, meinte der Mann mit dem Auswuchs an der Nase. »Ich muß gefüttert werden, wenn ich mithalten soll.«

Neues Gelächter.

»Na, ich bin doch der uneigennützigste unter euch«, sagte der erste Sprecher, »denn ich trage nie schwarze Handschuhe und nehme an keinem Frühstück teil; aber ich erbiete mich hinzugehen, wenn noch jemand mitkommen will. Wenn ich darüber nachdenke, bin ich nicht sicher, ob ich nicht sein engster Freund war; denn sooft wir uns trafen, pflegten wir stehenzubleiben und ein bißchen zu plaudern. Auf Wiedersehen!«

Sprecher und Hörer zerstreuten sich und mischten sich unter andre Gruppen. Scrooge kannte diese Männer und blickte, eine Erklärung suchend, auf den Geist.

Das Gespenst aber schwebte auf die Straße hinaus. Sein Finger deutete auf zwei Personen, die sich eben begegneten. Scrooge hörte wiederum zu, in der Annahme, daß vielleicht hier ein Aufschluß zu finden sei.

Er kannte auch diese Männer recht gut. Es waren Geschäftsleute, sehr reich und von großem Einfluß; er hatte sich stets Mühe gegeben, in ihrer Achtung zu stehen, das heißt: geschäftlich betrachtet; nur geschäftlich betrachtet.

»Wie geht's?« fragte der eine.

»Danke! Ihnen?« fragte der andere.

»So, so«, versetzte der erste. »Der alte Filz ist heute nacht eingegangen, wie?«

»Hab's gehört«, entgegnete der andere. »Kaltes Wetter, nicht wahr?«

»Wie's für Weihnachten paßt. Sie sind kein Schlittschuhläufer, nehme ich an.«

»Nein, nein! Habe an anderes zu denken. Guten Morgen!«

Kein Wort sonst. Das war ihre Begegnung, ihre Unterhaltung, ihr Abschied.

Scrooge war zuerst geneigt, sich zu wundern, weil der Geist diesen offensichtlich nichtssagenden Unterhaltungen soviel Wichtigkeit beimaß; aber da er überzeugt war, daß irgendeine geheime Absicht dahintersteckte, dachte er eifrig nach, worauf die Gespräche hinauslaufen könnten. Schwerlich konnten sie auf den Tod seines alten Gesellschafters Jakob anspielen, denn der gehörte ja der Vergangenheit an, und das Reich dieses Geistes war die Zukunft. Auch konnte er sich keines Menschen erinnern, der ihm nahestand und auf den sie sich hätten beziehen können. Da er aber nicht daran zweifelte, daß sie, von wem auch die Rede sei, irgendeine versteckte Lehre zu seiner eigenen Läuterung enthielten, so beschloß er, alles, was er hörte und sah, wohl zu bewahren und besonders seinen eigenen Schatten genau zu beobachten, wenn er erschiene. Denn er erwartete, daß ihm das Benehmen seines künftigen Selbst den Schlüssel, den er vermißte, geben und ihm die Lösung dieser Rätsel erleichtern werde.

Gerade an diesem Ort sah er sich daher nach seinem eigenen Bild um, doch stand ein anderer Mann in der gewöhnlich von ihm eingenommenen Ecke, und obwohl die Uhr die Tageszeit anzeigte, zu der er sich hier einzufinden pflegte, sah er doch unter den vielen, die durch das Tor hereinströmten, keinen, der ihm ähnlich war. Doch überraschte ihn das nicht sehr, denn er hatte in seinem Innern schon eine Wandlung durchgemacht und glaubte und hoffte nun, seine neuen Entschlüsse hier bereits verwirklicht zu sehen.

Ruhig und düster stand das Gespenst neben ihm mit ausgestreckter Hand. Als er sich aus seinem nachdenklichen Forschen aufraffte, schloß er aus der Handbewegung und der Stellung des Geistes zu ihm, daß die unsichtbaren Augen fest auf ihm ruhten, und das machte ihn schaudern und frieren.

Sie verließen den Schauplatz des Geschäftslebens und traten in einen dunkeln Teil der Stadt, wohin Scrooge nie zuvor gekommen war, obwohl er seine Lage und seinen üblen Ruf kannte. Die Wege waren schmutzig und eng, Läden und Häuser verkommen, die Leute fast nackt, betrunken, schlampig und zerlumpt. Sackgassen und Torwege spien wie ebenso viele

Senkgruben ihren schlechten Geruch, ihren Schmutz und ihre Menschen in die planlos verlaufenden Straßen; der ganze Stadtteil schmeckte nach Verbrechen, Unrat und Elend.

Tief in dieser Zufluchtshöhle des Lasters befand sich ein niederer, windschiefer Laden, von einem Wetterdach vorn überdeckt, wo Eisen, alte Fetzen, Flaschen, Knochen und schmierige Abfälle ausgeboten wurden. Drinnen waren auf dem Boden Haufen von rostigen Schlüsseln, Nägeln, Ketten, Türangeln, Feilen, Waagschalen, Gewichten und Schrotteisen aller Art aufgeschichtet. Geheimnisse, die wohl nur wenige gern erforscht hätten, lagen versteckt unter Bergen unansehnlicher Lumpen, Massen verdorbenen Fetts und Hügeln von Knochen. Unter all diesen Waren, mit denen er handelte, saß neben einem Holzkohlenofen aus alten Backsteinen ein grauköpfiger Halunke von fast siebzig Jahren, der zum Schutz gegen die Kälte draußen einen zerfetzten Vorhang aus verschiedenen Lappen über einen Strick gehängt hatte und im Behagen stiller Zurückgezogenheit seine Pfeife rauchte.

Scrooge und der Geist traten zu diesem Mann, gerade als ein Weib mit einem schweren Bündel in das Gewölbe schlüpfte; aber kaum war sie eingetreten, als ein anderes Weib, ähnlich beladen, gleichfalls hereinkam; und ihr folgte auf dem Fuß ein Kerl in einem schäbigen schwarzen Anzug, der beim Anblick der beiden ebenso erstaunt war wie sie selbst, als sie einander erkannten. Nach einem Weilchen platter Verwunderung, in die der alte Gauner mit der Tabakspfeife einfiel, brachen alle drei in Lachen aus.

»Laßt zuerst die Scheuerfrau allein hier ihr Geschäft abmachen!« rief das Weib, das zuerst gekommen war, »dann können die Wäscherin als zweite und der Leichenbitter als dritter auftreten. Schau, alter Joe, was für ein Zufall! Treffen wir drei da zusammen, ohne es zu ahnen!«

»Ihr könntet euch an keinem besseren Ort zusammengefunden haben«, sprach der alte Joe und nahm seine Pfeife aus dem Mund. »Kommt ins Wohnzimmer. Ihr habt, wie Ihr wißt, ja seit langem das Recht dazu, und die beiden andern sind mir auch nicht fremd. Wartet nur, bis ich die Ladentür verriegelt habe! Ha, wie die knarrt! Unter dem ganzen Trödel gibt's kein so rostiges Metall wie die Türangeln des Ladens selbst, glaube ich, und sicherlich auch keine so alten Knochen wie die meinen. Ha ha! Wir passen alle gut zu unserm Beruf; wir passen gut zusammen. Kommt herein ins Wohnzimmer!«

Das Wohnzimmer war der Raum hinter dem Vorhang aus Lumpen. Der Alte scharrte mit einer alten Teppichstange das Feuer zusammen, putzte die rußige Lampe – denn es war Abend – mit dem Rohr seiner Pfeife und steckte diese dann wieder in den Mund.

Während er dies tat, warf die Frau, die gesprochen hatte, ihr Bündel zu Boden und setzte sich herausfordernd auf einen Stuhl, indem sie die gekreuzten Arme auf ihre Knie stützte und die beiden andern frech und trotzig ansah.

»Was tut's, Mrs. Dilber? Was tut's?« fragte das Weib; »jeder hat ein Recht, für sich selber zu sorgen! Er hat's auch immer getan!«

»Ja, das ist wahr!« gab die Wäscherin zu, »keiner verstand es besser als er!«

»Na also! Steht nicht so verdutzt da, Frau, als wärt Ihr erschrocken! Wer ist der Klügere? Wir wollen doch einander nicht am Zeug flicken, oder?«

»Nein, sicher nicht!« erklärten Mrs. Dilber und der Mann zugleich. »Hoffentlich nicht!«

»Drum eben!« fuhr die Scheuerfrau fort, »das ist genug! Wem schadet's denn, wenn er ein paar Sachen wie die da einbüßt? Dem Toten doch nicht, denk ich!«

»Nein, wahrhaftig!« bestätigte Mrs. Dilber lachend.

»Wenn er sie nach dem Tod noch behalten wollte, der boshafte, alte Geizhals«, sprach das Weib weiter, »warum war er dann bei Lebzeiten nicht vernünftig? Wäre er's gewesen, so hätte er jemanden gehabt, der sich um ihn gekümmert hätte, als der Tod kam, statt daß er ganz allein seinen letzten Atemzug tun mußte.«

»Das ist das wahrste Wort, das je gesprochen wurde«, sagte Mrs. Dilber. »Das ist eine Strafe des Himmels.«

»Ich wünschte, sie wäre ein wenig härter gewesen«, entgegnete die Frau, »und sie wär's auch gewesen, verlaßt Euch drauf, wenn ich sonst noch etwas unter die Finger bekommen hätte. Macht das Bündel auf, alter Joe, und sagt, wieviel's wert ist! Nur heraus damit! Mir macht's nichts, daß ich die erste bin oder daß die zwei es sehen. Daß wir uns selber helfen, das, glaub ich, haben wir schon recht gut gewußt, bevor wir uns hier trafen. Das ist keine Sünde. Macht das Bündel auf, Joe!«

Ihre Freunde aber waren zu höflich, um das zu erlauben, und der Mann in dem schäbigen schwarzen Anzug sprang zuerst in die Bresche und wies seine Beute vor. Sie war nicht groß. Ein oder zwei Petschafte, ein Bleistifthalter, ein Paar Manschettenknöpfe und eine Busennadel von geringem Wert, das war alles. Die Stücke wurden einzeln vom alten Joe gemustert und geschätzt; die Summen, die er für jedes geben wollte, schrieb er mit Kreide an die Wand und zählte sie zusammen, als er fand, daß nichts mehr nachkam.

»Das ist Eure Abrechnung«, sagte er; »ich könnte keinen Pfennig mehr zahlen, und wenn ich in Öl gekocht werden sollte, weil ich's nicht tue. Wer ist der nächste?«

Mrs. Dilber war es. Sie brachte Bettlaken und Handtücher, ein paar Kleidungsstücke, zwei altmodische silberne Teelöffel, eine Zuckerzange und einige Stiefel. Ihre Rechnung wurde auf gleiche Weise an die Wand geschrieben.

»Den Damen gebe ich immer zuviel, das ist eine Schwäche von mir, und damit ruiniere ich mich noch selber!« sagte der alte Joe. »Hier ist Eure Aufstellung. Wenn Ihr mich aber auch nur um einen Pfennig mehr angeht und Eure Zustimmung offenlaßt, dann bereue ich, so freigebig gewesen zu sein, und ziehe eine halbe Krone ab!«

»Und jetzt öffnet mein Bündel, Joe!« drängte jene, die zuerst gekommen war.

Joe ließ sich auf beide Knie nieder, um es bequemer öffnen zu können, löste eine Menge Knoten und zog eine schwere Rolle dunklen Stoffes hervor.

»Was soll denn das sein?« fragte Joe; »Bettvorhänge?«

»Natürlich!« versetzte das Weib lachend, indem sie sich mit gekreuzten Armen vorbeugte. »Bettvorhänge!«

»Ihr wollt doch nicht sagen, daß Ihr sie mit Ringen und allem fortgenommen habt, während er noch dalag?« fragte Joe.

»Freilich!« versetzte das Weib. »Warum nicht?«

»Dann seid Ihr ganz dazu geschaffen, Euer Glück zu machen«, meinte Joe, »und werdet es gewiß noch weit bringen.«

»Ich werde jedenfalls aus Rücksicht auf so einen, wie er war, die Hand nicht zurückhalten, wenn ich durch Ausstrecken etwas erhaschen kann. Darauf könnt Ihr Euch verlassen, Joe«, versetzte die Frau kaltblütig. »Tropft mir nur kein Öl auf die Bettdecken!«

»Seine Bettdecken?« fragte Joe.

»Wessen sonst, was glaubt Ihr wohl?« versetzte das Weib; »es wird ihn sicher auch ohne sie nicht mehr frieren, denk ich!«

»Er ist doch hoffentlich an keiner ansteckenden Krankheit gestorben?« fragte der alte Joe, hielt in seiner Arbeit inne und blickte auf.

»Habt keine Angst!« gab das Weib zurück. »Ich war auf seine Gesellschaft nicht so versessen, daß ich mich um solcher Sachen willen bei ihm herumgetrieben hätte, wenn es an dem wäre. Ja, schaut nur durch dieses Hemd da, bis Euch die Augen weh tun, Ihr werdet doch kein Loch darin finden und auch keine fadenscheinige Stelle; 's ist das beste, das er besaß, und obendrein ein recht feines; sie hätten es gewiß verdorben, wenn ich nicht gewesen wäre.«

»Was nennt Ihr verderben?« fragte der alte Joe.

»Sie hätten's ihm angezogen und ihn darin begraben, meine ich!« versetzte das Weib unter Gelächter. »Jemand war wirklich verrückt genug, es zu tun, ich habe es ihm aber wieder ausgezogen. Wenn ein baumwollenes für einen solchen Zweck nicht gut genug ist, dann ist es überhaupt zu nichts gut. Dem Leichnam steht es so prächtig wie ein anderes; er kann nicht häßlicher aussehen, als er in diesem aussah.«

Scrooge hörte voll Entsetzen der Unterhaltung zu. Als sie so um ihren Raub herumsaßen im trüben Schein der Lampe des Alten, betrachtete er sie mit einer Verachtung und einem Abscheu, wie sie kaum hätten größer sein können, wenn sie unflätige Dämonen gewesen wären, die um den Leichnam selbst feilschten.

»Ha ha!« lachte dasselbe Weib, als der alte Joe einen Geldbeutel aus Flanell hervorzog und jedem den Gewinn auf den Boden hinzählte. »Seht ihr, das ist das Ende. Er scheuchte jeden von sich, solange er noch lebte – um uns zu nützen, nachdem er nun tot ist. Ha ha ha!«

»Geist!« sprach Scrooge, von Kopf bis Fuß schaudernd, »ich begreife, ich begreife. Das Los dieses unglücklichen Mannes könnte mein eigenes sein, mein jetziges Leben führt zu diesem Ziel. Barmherziger Himmel, was ist das?!«

Entsetzt bebte er zurück, denn die Szene hatte sich verwandelt, und nun stieß er fast an ein Bett: ein kahles Bett ohne Vorhänge, auf dem unter einem zerrissenen Leintuch etwas verdeckt lag, das sich in fürchterlicher Sprache ankündigte, obwohl es stumm war.

Das Gemach war sehr dunkel, zu dunkel, um es genau zu erkennen, obwohl sich Scrooge, einem geheimen Drang folgend, darin umsah, um herauszufinden, was für ein Gemach es war. Ein bleicher Lichtschein von draußen fiel gerade auf das Bett, und auf ihm lag ausgeplündert und beraubt, unbewacht, unbeweint, ungepflegt der Leichnam jenes Mannes.

Scrooge blickte auf das Gespenst. Dessen steife Hand deutete auf den Kopf. Die Decke war so nachlässig darübergebreitet, daß die geringste Verschiebung, die bloße Berührung durch Scrooges Finger das Antlitz enthüllt hätte. Scrooge dachte daran, fühlte auch, wie leicht es sei, und trug Verlangen danach, es zu tun, vermochte aber ebensowenig den Schleier wegzuziehen wie das Gespenst an seiner Seite loszuwerden.

O kalter, kalter, strenger, furchtbarer Tod! Hier bau deinen Altar auf und ziere ihn mit allen Schrecken, die dir zu Gebote stehen, denn dies ist dein Reich! Aber dem geliebten, geachteten und verehrten Haupt kannst du kein Haar krümmen nach deinen argen Wünschen, noch kannst du einen Zug an ihm häßlich machen. Nicht weil die Hand schwer ist und herabsinkt, wenn wir sie freigeben, nicht weil Herz und Pulse stillstehen, sondern weil die Hand offen, freigebig und treu, das Herz tapfer, liebevoll und zärtlich und die Pulse die eines Mannes waren. Schlag zu, Schatten, schlag zu, und sieh seine guten Taten aus der Wunde quellen, um unsterbliches Leben über die Welt hinzusäen!

Keine Stimme flüsterte diese Worte in Scrooges Ohr, und doch hörte er sie, als er auf das Bett blickte. Er fragte sich, was wohl die ersten Gedanken dieses Mannes wären, wenn er jetzt auferstünde. Geiz, Selbstsucht, drückende Sorgen? Sie haben ihm wahrlich ein schönes Ende bereitet.

Da lag er nun in dem dunklen, leeren Haus, und kein Mann oder Weib oder Kind waren bei ihm, die sagen mochten: Er war gut zu mir in dem oder jenem, und im Andenken an ein einziges gutes Wort will ich gut zu ihm sein. Eine Katze kratzte an der Tür, und unter dem Herdstein hörte man ein Geräusch wie von nagenden Ratten: was sie im Totengemach wollten und warum sie so geschäftig und aufgescheucht waren, wagte Scrooge nicht auszudenken.

»Geist«, sprach er, »dies ist ein schauriger Ort. Glaub mir, auch wenn ich ihn verlasse, wird seine Lehre an mir nicht verloren sein! Laß uns gehen!«

Der Geist aber deutete noch immer mit regungslosem Finger auf das Haupt.

»Ich begreife, was du willst«, versetzte Scrooge, »und täte es, wenn ich könnte. Aber es geht über meine Kraft, Geist, über meine Kraft!«

Wieder schien der Geist auf ihn zu blicken.

»Wenn es in dieser Stadt einen Menschen gibt, der bewegt ist vom Tod dieses Mannes«, sprach Scrooge, zu Tode erschöpft, »dann zeige ihn mir, Geist, ich beschwöre dich!«

Die Erscheinung breitete für einen Augenblick ihr dunkles Gewand wie eine Schwinge vor ihm aus und enthüllte, als sie es wegzog, ein taghelles Zimmer, in dem sich eine Mutter mit ihren Kindern aufhielt.

Sie wartete auf jemanden, und zwar mit ängstlicher Spannung, denn sie schritt im Zimmer auf und nieder, erbebte bei jedem Geräusch, blickte aus dem Fenster, schaute nach der Uhr, versuchte vergebens weiterzunähen und konnte kaum die Stimmen der Kinder bei ihrem Spiel ertragen.

Endlich ließ sich das lang ersehnte Pochen vernehmen. Sie

eilte zur Tür, ihrem Gatten entgegen, einem Mann, dessen Antlitz bekümmert und niedergeschlagen aussah, obwohl er noch jung war. Ein seltsamer Ausdruck lag jetzt darin, eine Art ernste Freude, deren er sich schämte und die er niederzukämpfen suchte.

Er setzte sich zum Mahl nieder, das man für ihn auf dem Herd zurückgestellt hatte, und als ihn die Frau schüchtern fragte – freilich erst nach langem Schweigen –, was es Neues gebe, schien er verlegen, was er antworten solle.

»Steht es gut oder schlecht?« fragte sie, um ihm die Antwort leichter zu machen.

»Schlecht!« erwiderte er.

»Sind wir ganz ruiniert?«

»Nein, Karoline. Es besteht noch Hoffnung.«

»Wenn er nachgibt«, sagte sie erstaunt, »ist Hoffnung! Nichts ist hoffnungslos, wenn sich ein solches Wunder ereignet hat.«

»Nachzugeben ist es für ihn zu spät«, antwortete ihr Gatte. »Er ist tot.«

Sie war ein mildes, geduldiges Geschöpf, wenn ihr Gesicht nicht trog, aber sie war in innerster Seele dankbar, als sie das hörte, und gestand es auch mit gefalteten Händen. Schon im nächsten Augenblick bat sie um Vergebung und war betreten, aber ihr erster Gedanke hatte die Regung ihres Herzens enthalten.

»Was mir das halb betrunkene Weib, von dem ich dir gestern erzählte, sagte, als ich versuchte, ihn zu sprechen und einen Aufschub von einer Woche zu erlangen, und was ich für eine leere Ausrede hielt, um mich abzuschütteln, stellte sich als völlig wahr heraus. Er war damals nicht nur sehr krank, sondern lag im Sterben.«

»Auf wen wird unsere Schuld übergehen?«

»Ich weiß es nicht. Aber bis dahin werden wir das Geld

beschafft haben, und wenn nicht, so wäre es doch ein ausgemachtes Mißgeschick, an seinem Nachfolger einen ebenso unerbittlichen Gläubiger zu finden. Wir können heute nacht ruhigen Herzens schlafen, Karoline.«

Ja. Sie mochten es beschönigen, wie sie wollten, ihre Herzen waren leichter. Die Gesichter der Kinder, die sich schweigend herzudrängten, um zu hören, was sie so wenig verstanden, hellten sich auf, und das ganze Haus wurde glücklicher durch den Tod dieses Mannes. Das einzige durch diesen Vorfall erweckte Gefühl, das der Geist Scrooge zeigen konnte, war ein Gefühl der Freude.

»Laß mich irgendeine zarte Empfindung sehen, die mit einem Todesfall zusammenhängt«, sprach Scrooge, »sonst wird mir jenes dunkle Gemach, das wir soeben verlassen haben, immer vor Augen stehen.«

Der Geist führte ihn durch mehrere Straßen, die ihm gut bekannt waren, und im Vorübergehen hielt Scrooge da und dort Ausschau nach sich selbst, aber nirgends war er zu entdecken. Sie traten in das Haus des armen Bob Cratchit, in die Wohnung, die Scrooge schon früher besucht hatte, und fanden Mutter und Kinder ums Feuer sitzen.

Stille. Tiefe Stille. Die lärmenden Cratchits saßen starr wie Bildsäulen in einer Ecke versammelt und blickten zu Peter auf, der ein Buch vor sich hatte. Mutter und Töchter nähten. Aber alle waren sie still!

»Und er nahm ein Kind und stellte es in ihre Mitte.«

Wo hatte Scrooge diese Worte schon einmal gehört? Er hatte sie doch nicht geträumt! Der Knabe mußte sie gelesen haben, als er und der Geist die Schwelle überschritten. Warum las er nicht weiter?

Die Mutter legte ihre Arbeit auf den Tisch und hob die Hände vor ihr Gesicht.

»Die Farbe tut meinen Augen weh«, sprach sie.

Die Farbe? Ach, armer Tiny Tim!

»Jetzt sind sie wieder frischer«, sprach Cratchits Weib dann; »das Kerzenlicht schwächt sie so, und ich möchte dem Vater, wenn er heimkommt, nicht um die Welt trübe Augen zeigen. Es muß schon bald seine Zeit sein.«

»Fast schon vorüber«, meinte Peter und klappte sein Buch zu. »Aber ich finde, Mutter, er ist diese letzten paar Abende langsamer gegangen als sonst.«

Sie waren wieder sehr still. Endlich sagte sie mit fester, heiterer Stimme, die nur ein einziges Mal wankte: »Ja, ich habe ihn ... ich habe ihn mit Tiny Tim auf den Schultern sehr rasch gehen sehen.«

»Ich auch«, rief Peter. »Oft!«

»Ich auch«, rief ein anderer. Sie alle hatten ihn so gesehen.

»Aber er war auch nicht schwer zu tragen«, fuhr die Mutter fort, den Blick auf ihre Arbeit gesenkt, »und Vater hatte ihn so gern, daß es ihm keine Last war – gar keine Last. Ei, da ist er ja schon vor der Tür!«

Sie eilte hinaus, ihm entgegen, und der kleine Bob mit seinem »Seelenwärmer« – er hatte ihn sehr nötig, der arme Kerl – trat ein. Teewasser stand für ihn auf dem Feuer, und alle mühten sich um die Wette, ihn damit zu bedienen. Dann kletterten die beiden Kleinsten auf seine Knie und lehnten ihre Wangen an sein Gesicht, als wollten sie sagen: Denk nicht mehr daran, Vater, quäle dich nicht so!

Bob war liebevoll zu ihnen und unterhielt sich freundlich mit der ganzen Familie. Er betrachtete die Arbeit auf dem Tisch und lobte den Fleiß und Eifer Mrs. Cratchits und der Mädchen: sie würden lang vor dem Sonntag fertig werden, meinte er.

»Vor dem Sonntag?« fragte seine Gattin. »Bist du also heute dort gewesen, Robert?«

»Ja, meine Liebe!« antwortete Bob. »Ich wünschte, du hättest dabeisein können: es hätte dir gutgetan zu sehen, was für ein grüner Fleck es ist; aber du wirst es ja noch oft sehen. Ich hab ihm versprochen, jeden Sonntag hinzukommen. Mein liebes, kleines Kind!« weinte Bob. »Mein kleiner Liebling.«

Er brach auf einmal zusammen. Er konnte nicht anders. Um anders zu können, hätten er und sein Kind einander wohl viel fremder sein müssen.

Er verließ das Zimmer und stieg die Treppe hinauf in die obere Stube, die hell erleuchtet und mit Weihnachtszweigen ausgeschmückt war. Dicht neben dem toten Kind stand ein Stuhl, und manches deutete darauf hin, daß erst kürzlich jemand hier gewesen war. Der arme Bob setzte sich auf den Stuhl, und als er ein wenig nachgesonnen und sich beruhigt hatte, küßte er das Gesichtchen. Er hatte sich mit dem Geschehenen ausgesöhnt und ging still und gefaßt wieder hinunter.

Sie setzten sich um den Kamin und plauderten; Mutter und Töchter arbeiteten weiter. Bob erzählte ihnen von der außerordentlichen Güte des Neffen Mr. Scrooges, den er höchstens einmal gesehen hatte und der ihn doch, als er ihn heute auf der Straße traf und ein wenig – »ein wenig niedergeschlagen« fand, wie Bob sagte, gleich fragte, was ihm Schlimmes widerfahren sei. »Darauf habe ich ihm«, schloß Bob, »alles erzählt, denn er ist der freundlichste Herr, den man sich denken kann. ›Das tut mir herzlich leid, Mr. Cratchit‹, sagte er, ›für Sie und Ihre gute Frau!‹ Wieso er davon Kenntnis hat, möchte ich übrigens wissen.«

»Wovon Kenntnis hat, mein Schatz?«

»Nun«, meinte Bob, »daß du eine gute Frau bist.«

»Das weiß doch jeder«, meinte Peter.

»Sehr gut bemerkt, mein Junge!« rief Bob; »ich hoffe, jeder weiß es! ›Herzlich leid für Ihre gute Frau‹, sagte er. ›Wenn ich Ihnen irgendwie von Nutzen sein kann‹, fügte er hinzu und gab mir seine Karte, ›so ersehen Sie hieraus, wo ich wohne. Bitte wenden Sie sich an mich!‹ Und«, setzte Bob hinzu, »nicht daß er vielleicht etwas für uns tun kann, ist das Schöne dabei, sondern seine liebevolle Art. Es sah wirklich aus, als hätte er unsern Tiny Tim gekannt und fühle mit uns.«

»Ich glaube, er hat ein gutes Herz«, sagte Mrs. Cratchit.

»Du wärst davon überzeugt«, erwiderte Bob, »wenn du ihn gesehen und gesprochen hättest. Denkt an mich: Es sollte mich nicht wundern, wenn er unserm Peter eine bessere Stelle verschaffte!«

»Hör nur, Peter!« sagte Mrs. Cratchit.

»Und dann«, rief eines der Mädchen, »wird sich Peter mit jemandem zusammentun und sich selbständig machen.«

»Was dir nicht einfällt!« versetzte Peter grinsend.

»Das kann eines Tages wohl sein«, meinte Bob, »wenn's auch noch gute Weile hat. Aber wann und wie wir uns auch trennen, ich bin sicher, daß keiner von uns den armen Tiny Tim vergessen wird – und diesen ersten Abschied aus unserer Mitte.«

»Nie, Vater!« riefen alle.

»Und ich bin sicher«, fuhr Bob fort, »ich bin sicher, meine Lieben, wenn wir uns erinnern, wie geduldig und gutherzig er gewesen ist, obwohl er doch nur ein kleines Kind war, dann werden wir nicht leicht untereinander Streit beginnen und darüber den armen Tiny Tim vergessen!«

»Nein, niemals, Vater!« riefen alle noch einmal.

»Ich bin sehr glücklich«, sprach der kleine Bob, »wirklich sehr glücklich!«

Mrs. Cratchit gab ihm einen Kuß, die Töchter und die beiden Kleinen taten es ihr nach, und Peter tauschte mit ihm einen Händedruck. Tiny Tim, dein Geist, deine Kinderseele kam aus Gott!

»Gespenst«, sprach Scrooge, »etwas sagt mir, daß der Augenblick unseres Scheidens nahe ist. Ich weiß es, aber ich weiß nicht woher. Sag mir, wer der Mann war, den ich tot daliegen sah.«

Der Geist der künftigen Weihnacht führte ihn wiederum wie zuvor – jedoch dünkte Scrooge, zu anderer Zeit, denn diese letzten Gesichte schienen an keine Ordnung gebunden zu sein, außer daß alle der Zukunft angehörten – zu den Versammlungsorten der Geschäftswelt, zeigte ihm aber nicht sein Ebenbild. Der Geist hielt sich überhaupt nirgends auf, sondern strebte geradeaus, als ginge es einem soeben aufgestellten Ziele zu, bis ihn Scrooge bat, einen Augenblick zu verweilen.

»In diesem Hof, durch den wir eben eilen«, sagte Scrooge, »befindet sich meine Arbeitsstätte, schon seit langer Zeit. Ich sehe das Haus. Laß mich schauen, was in künftigen Tagen aus mir werden wird!«

Der Geist hielt an, doch seine Hand wies in andre Richtung.

»Dort liegt das Haus!« rief Scrooge. »Warum deutest du davon weg?«

Der unerbittliche Finger rührte sich nicht.

Scrooge ging an das Fenster seines Kontors und blickte hinein. Es war noch ein Kontor, aber nicht das seine: die Einrichtung war anders, und die Gestalt auf dem Stuhl war nicht er. Der Geist zeigte in dieselbe Richtung wie zuvor.

Scrooge holte ihn wieder ein und folgte ihm, ungewiß, warum und wohin er vorangegangen war, bis sie ein eisernes Gitter erreichten. Er stand still, um sich umzusehen, ehe er eintrat.

Ein Kirchhof! Hier lag also der Unglückliche unter der Erde, dessen Namen er jetzt erfahren sollte. Es war ein würdiger Platz: von Häusern umschlossen, von Gras und Unkraut überwuchert – Wachstum, das den Tod der Pflanzen bedeutet, nicht ihr Leben – vollgepfropft mit zu vielen Leichen, satt von gestillter Gier. Ein würdiger Ort!

Der Geist stand zwischen den Gräbern und deutete auf eins nieder; Scrooge schritt zitternd darauf zu. Das Gespenst hatte sich nicht verändert, aber er fürchtete doch eine neue Absicht in seiner feierlichen Haltung zu erkennen.

»Bevor ich diesem Stein näher trete, auf den du hinweist«, sagte Scrooge, »beantworte mir eine einzige Frage: Sind dies die Schattenbilder der Dinge, die sein werden, oder derer, die sein können?«

Noch immer deutete der Geist abwärts auf das Grab, vor dem er stand.

»Der Menschen Lebensbahnen lassen gewisse Endergebnisse ahnen, zu denen sie führen müssen, wenn man auf der eingeschlagenen Bahn beharrt«, sprach Scrooge; »weicht man aber davon ab, so ändert sich auch der Ausgang. Sage, daß es mit dem so ist, was du mir zeigst!«

Der Geist blieb unbeweglich wie stets.

Scrooge kroch, dem Finger folgend, zitternd dem vernachlässigten Grabe zu und las auf dem Stein seinen eigenen Namen: Ebenezer Scrooge.

»Bin ich der Mann, der auf dem Totenbett lag?« rief er und warf sich auf die Knie.

Der Finger deutete vom Grab auf ihn und wieder zurück.

»Nein, Geist! O nein, nein!«

Der Finger rührte sich nicht.

»Geist!« schrie er und klammerte sich fest an dessen Gewand, »höre mich! Ich bin nicht mehr der Mann, der ich war. Ich will nicht der Mensch sein, der ich ohne euer Dazwischentreten geworden wäre. Warum zeigst du mir das, wenn alle Hoffnung geschwunden ist?«

Zum erstenmal schien die Hand zu zittern.

»Guter Geist!« fuhr er fort, noch immer am Boden liegend, wie er niedergefallen war, »dein Innerstes legt Fürbitte für mich ein und bemitleidet mich! Gib mir Gewißheit, daß ich durch ein anderes Leben die Schattenbilder ändern kann, die du mir gezeigt hast.«

Die gütige Hand zitterte.

»Ich will Weihnachten im Herzen ehren und versuchen, das ganze Jahr danach zu handeln. Ich will der Vergangenheit, Gegenwart und Zukunft leben, und ihre Geister sollen in mir wirken. Ich will mich nicht den Lehren verschließen, die sie mir gegeben haben. O sage mir, daß ich die Schrift auf diesem Stein auslöschen kann!«

In seiner Todesangst ergriff er die Hand des Gespenstes. Es versuchte sich loszumachen, aber er war unbeirrbar in seinem Flehen und hielt sie fest. Der Geist, noch unbeirrbarer, stieß ihn zurück.

Als Scrooge aber seine Hände in einem letzten Flehen emporstreckte, um sein Geschick zu wenden, da sah er, wie sich Körper und Kleid des Gespenstes verwandelten. Es schrumpfte ein, sank zusammen und wurde zuletzt zu einem – Bettpfosten.

## FÜNFTE STROPHE

*Das Ende vom Lied*

Ja, und der Bettpfosten war der seine. Das Bett war das seine, das Zimmer war das seine. Und was das Beste und Schönste war: die Zeit, die vor ihm lag, war sein, damit er seine Fehler wiedergutmache.

»Ich will der Vergangenheit, Gegenwart und Zukunft leben«, wiederholte Scrooge, als er aus dem Bett kletterte; »ihre Geister sollen in mir wirken. O Jakob Marley! Himmel und Weihnachtszeit seien dafür gepriesen! Das rufe ich hier auf den Knien, alter Jakob, auf den Knien!«

Er war von seinen guten Vorsätzen so erfüllt und durchglüht, daß ihm seine brechende Stimme kaum gehorchen wollte. Als er mit dem Geist rang, hatte er heftig geweint, und sein Gesicht war noch jetzt tränenfeucht.

»Sie sind nicht weggerissen«, rief Scrooge und umschlang einen seiner Bettvorhänge mit den Armen, »sie sind noch nicht weggerissen mit Ringen und allem! Sie sind noch hier – ich bin noch hier – die Schattenbilder der Dinge, die möglich sind, können zerstreut werden. Sie werden zerstreut, das weiß ich.«

Seine Hände machten sich währenddessen mit seinen Kleidungsstücken zu schaffen, die er mit der Innenseite nach außen drehte, verkehrtherum anzog, zerriß, verlegte und auf alle Art unsinnig anpackte.

»Ich weiß nicht, was ich tun soll!« rief Scrooge, der in einem Atem lachte und weinte und mit Hilfe seiner Strümpfe einen wahren Laokoon aus sich machte. »Ich fühle mich so leicht wie eine Feder, so glücklich wie ein Engel, so lustig wie ein Schuljunge, so schwindlig wie ein Betrunkener! Fröhliche Weihnachten jedermann! Ein glückliches Neujahr aller Welt! Hallo! Hopp! Hallo!«

Er war ins Wohnzimmer gesprungen und stand nun ganz atemlos da.

»Da ist noch das Pfännchen, in dem die Grütze war!« rief Scrooge, indem er wieder emporfuhr und um den Herd lief. »Da ist die Tür, durch die Jakob Marleys Geist hereintrat! Da die Ecke, wo der Geist der gegenwärtigen Weihnacht saß, dort das Fenster, wo ich die wandernden Geister erblickte! Alles ist richtig, alles wahr, alles hat sich zugetragen. Ha ha ha!«

Wirklich, für einen Mann, der so viele Jahre lang außer Übung gewesen, war es ein prächtiges, ein ganz ausgezeichnetes Lachen! Der Ahnherr einer langen, langen Reihe köstlicher Lachanfälle.

»Ich weiß nicht, was für einen Tag im Monat wir heute haben«, rief Scrooge, »ich weiß nicht, wie lang ich unter den Geistern geweilt habe, ich weiß überhaupt nichts mehr, ich bin einfach wie ein Säugling. Einerlei! Macht nichts! Ich wollte, ich wär einer! Hallo! Hopp! Hallo!«

In seinem Freudentaumel unterbrach ihn das fröhlichste Geläute der Kirchenglocken, das er je gehört hatte. Bim – bam – bum; ding – dong – dong; ding – dong – ding; bum – bam – bim. Herrlich, herrlich!

Er eilte zum Fenster, öffnete es und steckte den Kopf hinaus. Kein Nebel, keine dicke Luft: klar, hell, heiter, anregend kalt war es, daß das Blut zu tanzen beginnen wollte. Goldenes Sonnenlicht, himmlischer Himmel, köstlich frische Luft, frohe Glockentöne! O herrlich, herrlich!

»Was ist denn heute für ein Tag?« rief Scrooge einem kleinen Jungen in Sonntagskleidern zu, der in den Hof getreten war, um sich umzusehen.

»Wie?« rief der Knabe maßlos verwundert zurück.

»Was für ein Tag heute ist, mein hübscher Junge«, wiederholte Scrooge.

»Heute?« versetzte der Knabe. »Ei, Christtag!«

's ist Christtag, sagte Scrooge zu sich selbst, ich habe ihn nicht versäumt. Die Geister haben alles in einer einzigen Nacht vollbracht! Sie können ja tun, was sie wollen. Natürlich können sie's, ganz natürlich. »Heda, du hübscher Junge!«

»Heda!« rief der Knabe.

»Kennst du den Geflügelladen an der Ecke der übernächsten Straße?« fragte Scrooge.

»Das will ich meinen!« entgegnete der Bursche.

»Ein kluger Junge!« sagte Scrooge. »Ein beachtlicher Junge! Weißt du, ob der stattliche Truthahn schon verkauft ist, der dort hing? Nicht der kleine, sondern der ganz große!«

»Aha! Der, der so groß ist wie ich?« fragte der Knabe.

»Was für ein großartiger Junge!« rief Scrooge; »'s ist ein Vergnügen, mit ihm zu schwatzen. Ja, mein Sohn, der!«

»Oh, der hängt noch da!« rief der Knabe.

»So?« sprach Scrooge, »dann geh und kauf ihn!«

»Spaß!« rief der Knabe.

»Nein, nein«, versicherte Scrooge, »'s ist mein Ernst! Geh und kauf ihn und sag, sie sollen ihn herbringen, damit ich angeben kann, wohin er geschickt werden soll. Komm mit dem Mann wieder, dann sollst du einen Schilling haben; wenn du mit ihm kommst, ehe fünf Minuten um sind, soll's eine halbe Krone sein!«

Der Knabe lief weg wie aus der Pistole geschossen. Aber es hätte schon einer sehr sicheren Hand am Abzug bedurft, um einen Schuß nur halb so geschwind abzugeben.

»Ich will ihn Bob Cratchit zuschicken«, flüsterte Scrooge händereibend und barst schier vor Lachen. »Er soll nicht wissen, wer ihn sendet. Er ist zweimal so groß wie Tiny Tim. Joe

Miller* hat nie einen so guten Scherz gemacht wie ich mit dieser Sendung an Bob!«

Die Handschrift, in der er die Adresse aufzeichnete, war nicht gerade sicher, aber irgendwie kam er damit zustande und eilte dann die Treppe hinab, um dic Haustür zu öffnen, falls der Austräger des Geflügelhändlers käme. Während er dastand und auf seine Ankunft wartete, fiel sein Blick auf den Türklopfer.

»Der soll mir lieb sein, solang ich lebe!« rief Scrooge, indem er ihn streichelte. »Ich hab ihn früher kaum je angesehen. Was für ein ehrlicher Ausdruck liegt in seinem Gesicht! Ein wunderschöner Türklopfer! – Da ist der Truthahn! Hallo, hopp! Wie steht's? Fröhliche Weihnachten!«

Das war ein Truthahn! Er konnte nie auf seinen Füßen gestanden haben, dieser Vogel, er hätte sie im Augenblick abgeknickt wie Siegellackstangen!

»Nein, unmöglich, den nach Camden Town zu tragen«, sagte Scrooge. »Ihr müßt einen Wagen nehmen.«

Das Kichern, mit dem er das sagte, das Kichern, mit dem er den Truthahn bezahlte, das Kichern, mit dem er für den Wagen zahlte, und das Kichern, mit dem er den Jungen entlohnte, wurden nur noch von dem Kichern übertroffen, mit dem er sich atemlos wieder in seinen Sessel setzte; er kicherte, bis ihm die Tränen kamen.

Das Rasieren war heute kein leichtes Geschäft, denn seine Hand zitterte unentwegt heftig, und es erfordert doch Aufmerksamkeit, auch wenn man nicht gerade dabei tanzt. Aber selbst wenn er sich die Nasenspitze weggeschnitten hätte – er hätte sich ein Stück Heftpflaster draufgeklebt und wäre ganz zufrieden gewesen.

* Englischer Komiker.

Er zog seine besten Kleider an und trat endlich auf die Straße hinaus. Die Menschen waren um diese Zeit so in Bewegung, wie er sie zusammen mit dem Geist der gegenwärtigen Weihnacht gesehen hatte; die Hände auf dem Rücken, wanderte er dahin und betrachtete jeden mit vergnügtem Schmunzeln. Kurz, er schaute so unwiderstehlich heiter drein, daß ihm drei oder vier gutgelaunte Burschen zuriefen: »Guten Morgen, Sir! Fröhliche Weihnachten!« Und Scrooge erzählte später oft, daß von allen willkommenen Lauten, die er je gehört, diese seinen Ohren am angenehmsten geklungen hätten.

Er war noch nicht weit gegangen, als er den stattlichen Herrn auf sich zukommen sah, der tags zuvor in seinem Kontor erschienen war und nach »Scrooge und Marley« gefragt hatte. Es gab ihm einen Stich ins Herz, als er bedachte, wie ihn dieser alte Herr wohl ansehen werde, wenn sie sich begegneten; aber er wußte, was für ein Weg vor ihm lag, und er schlug ihn ein.

»Werter Herr«, sprach Scrooge, indem er seinen Schritt beschleunigte und den alten Herrn bei beiden Händen ergriff, »wie geht es Ihnen? Ich hoffe, Sie haben gestern Erfolg gehabt. Es – war sehr hübsch von Ihnen. Ich wünsche Ihnen fröhliche Weihnachten, Sir!«

»Mr. Scrooge?«

»Ja«, erwiderte Scrooge, »das ist mein Name, und ich fürchte, daß er Ihnen nicht angenehm klingt. Darf ich Sie bitten, mir zu verzeihen, und wollen Sie die Güte haben ...« und jetzt flüsterte ihm Scrooge etwas ins Ohr.

»Du lieber Gott!« rief der Herr, als ob ihm der Atem ausginge, »ist das wirklich Ihr Ernst, Mr. Scrooge?«

»Ei freilich«, versetzte dieser, »keinen Heller weniger. Wissen Sie, es sind sehr viele Rückstände dabei. Wollen Sie die Freundlichkeit haben?«

»Lieber Herr«, sagte der andre, indem er ihm die Hand drückte, »ich weiß gar nicht, was ich zu einer solchen Freigeb. . .«

»Sagen Sie gar nichts, bitte«, fiel ihm Scrooge ins Wort, »aber besuchen Sie mich! Wollen Sie?«

»Gewiß!« rief der alte Herr, und es war offensichtlich, daß er es ernst meinte.

»Ich danke Ihnen«, sprach Scrooge; »ich bin Ihnen sehr verbunden und danke Ihnen tausendmal! Gott befohlen!«

Er eilte zur Kirche, wanderte durch die Straßen, beobachtete die Leute, die hin und her eilten, klopfte den Kindern auf den Kopf, forschte die Bettler aus, guckte in die Küchen der Häuser hinein und zu den Fenstern empor und fand, daß ihm alles Vergnügen machen konnte. Nie hätte er sich träumen lassen, daß ein Spaziergang, daß überhaupt irgend etwas ihn so glücklich stimmen könne. Am Nachmittag lenkte er seine Schritte zum Haus seines Neffen.

Er ging ein dutzendmal an der Tür vorüber, ehe er den Mut fand, heranzutreten und anzuklopfen. Endlich aber gab er sich einen Ruck und tat es.

»Ist Ihr Herr zu Hause, liebes Kind?« fragte Scrooge das Hausmädchen. Ein hübsches Mädchen! Sehr hübsch!

»O ja, Sir.«

»Wo ist er, meine Liebe?« fragte Scrooge weiter.

»Er ist im Speisezimmer, Sir, mit der gnädigen Frau. Darf ich Sie oben melden?«

»Danke; er kennt mich«, sagte Scrooge, mit der Hand bereits auf der Türklinke des Speisezimmers. »Ich will hier eintreten.«

Er öffnete leise und schob den Kopf durch die Türspalte. Er blickte auf den Tisch, der mit großem Aufwand hergerichtet war, denn diese jungen Hausfrauen sind stets auf solche Dinge aus und sehen es gern, wenn alles am rechten Platz ist.

»Fred!« flüsterte Scrooge.

Du lieber Gott! Wie schrak seine Nichte zusammen! Scrooge hatte für einen Augenblick vergessen, daß sie in der Ecke auf dem Schemel saß, sonst hätte er um keinen Preis gerufen.

»Himmel!« rief Alfred, »wer ist denn das?«

»Ich bin's, dein Onkel Scrooge. Ich habe mich zum Essen eingefunden. Läßt du mich ein, Fred?«

Einlassen! Ein Wunder, daß er ihm den Arm nicht abriß. Scrooge war in fünf Minuten wie zu Hause. Nichts konnte herzlicher zugehen. Seine Nichte war ganz so, wie er sie kannte. Ebenso Topper, als er kam. Ebenso die dicke Schwester, als sie kam. Ebenso alle, als sie kamen. Wundervolle Gesellschaft, wundervolle Spiele, wundervolle Eintracht, wun-dervolle Glückseligkeit!

Am andern Morgen aber war er früh in seinem Kontor. Oh, sehr früh! Wenn er nur als erster erscheinen und Bob Cratchit beim Zuspätkommen erwischen konnte. Darauf hatte er es abgesehen.

Und es gelang ihm; jawohl, es gelang. Die Uhr schlug neun. Kein Bob. Viertel zehn. Kein Bob. Er kam um volle achtzehneinhalb Minuten zu spät. Scrooge saß bei weit offener Tür, damit er ihn in seinen Käfig treten sah.

Den Hut hatte er schon abgenommen, ehe er die Tür öffnete, seinen Schal gleichfalls, im Nu saß er auf seinem Stuhl und ließ die Feder dahingleiten, als wolle er die neunte Stunde noch einholen.

»Heda!« brummte Scrooge mit seiner gewöhnlichen Stimme, so gut er sie vorzutäuschen vermochte, »was fällt Ihnen ein, zu dieser Tageszeit zu erscheinen?«

»Es tut mir sehr leid, Sir«, versetzte Bob, »ich habe mich verspätet.«

»So?« brummte Scrooge. »Ja, das glaube ich auch. Kommen Sie her, Sir, wenn's gefällig ist!«

»Es geschieht ja nur einmal im Jahr, Sir«, bat Bob, indem er aus seinem Kasten auftauchte. »Es wird sich nicht wiederholen. Wir waren gestern ziemlich lustig, Sir.«

»Ich will Ihnen etwas sagen, mein Freund«, schrie Scrooge, »so geht das nicht weiter! Und deshalb«, fuhr er fort, indem er vom Stuhl aufsprang und Bob einen Rippenstoß gab, daß er in den Kasten zurücktaumelte, »und deshalb will ich Ihr Gehalt erhöhen!«

Bob zitterte und rutschte näher zum Lineal. Einen Augenblick fuhr ihm der Gedanke durch den Kopf, Scrooge damit niederzuschlagen, ihn festzuhalten und die Leute im Hof um Hilfe und um eine Zwangsjacke zu bitten.

»Fröhliche Weihnachten, Bob!« sagte Scrooge mit unmißverständlichem Ernst, als er ihm auf den Rücken klopfte. »Ein fröhlicheres Weihnachten, guter Bob, als ich Ihnen jahrelang bereitet habe! Ich will Ihr Gehalt erhöhen und mich bemühen, Ihrer schwer ringenden Familie beizustehen. Wir wollen Ihre Angelegenheiten noch heute nachmittag bei einem Glas dampfendem Weihnachtspunsch besprechen, Bob! Nun machen Sie Feuer und kaufen einen andern Kohlenkorb, ehe Sie das Tüpfelchen auf ein i setzen, Bob Cratchit!«

Scrooge war noch besser als sein Wort. Er tat, was er sagte, und unendlich viel mehr. Tiny Tim, der nicht starb, hatte an ihm einen zweiten Vater. Er wurde ein so guter Freund, Arbeitsherr und Mensch, wie man ihn nur in der guten alten Stadt oder in irgendeiner anderen guten alten Stadt, einem Städtchen oder Flecken in der guten alten Welt zu finden vermochte. Manche Leute lachten, als sie diese Veränderung an ihm wahrnahmen, aber er ließ sie lachen und kehrte sich nicht daran, denn er war klug genug, um zu wissen, daß auf diesem Erdball nie etwas Gutes geschehen ist, ohne daß nicht gewisse Leute zu Anfang darüber gelacht hätten. Und da er wußte, daß solche Menschen irgendwie blind waren, so fand er es ebensogut, wenn sie ihre Augen zum Grinsen verzogen, wie wenn sie diese Krankheit in noch weniger anziehenden Formen zeigten. Sein eigenes Herz lachte, und das genügte ihm.

Er hatte keinen weiteren Verkehr mehr mit Geistern, lebte aber fortan nach dem Grundsatz völliger Enthaltsamkeit, und man sagte ihm stets nach, daß er wisse, wie man Weihnachten feiern müsse, wenn überhaupt ein lebender Mensch dieses Wissen besitze. Oh, ließe sich das doch auch wahrheitsgemäß von uns, und zwar von uns allen sagen! Und so spreche ich wie Tiny Tim: »Gott segne uns alle und jeden besonders!«

## Weihnachtsbücher im insel taschenbuch

**Alle Jahre wieder.** Ein Weihnachtsbuch. Erzählungen, Lieder und Bilder aus alter und neuer Zeit. Ausgewählt von Gottfried Natalis. it 1362. 446 Seiten

**Hans Christian Andersen, Die Schneekönigin.** Ein Märchen in sieben Geschichten. Aus dem Dänischen von Mathilde Mann. Mit farbigen Illustrationen von Birgit Ackermann. it 2578. 104 Seiten

**Hans Christian Andersen, Weihnachts- und Wintermärchen.** Ausgewählt von Ulrich Sonnenberg. it 2694. 124 Seiten

**Elizabeth von Arnim, Weihnachten.** Ausgewählt und aus dem Englischen übersetzt von Angelika Beck. Großdruck. it 2406. 125 Seiten

**Frank Lyman Baum, Der Weihnachtsmann oder Das abenteuerliche Leben des Santa Claus.** Aus dem Englischen von Hans-Christian Oeser. it 3634. 148 Seiten

**Das Weihnachtsbuch der Lieder.** Mit alten und neuen Liedern zum Singen und Spielen. Ausgewählt von Gottfried Natalis. Mit einem Nachwort von Ernst Klusen. Mit zahlreichen Bildern. it 157. 209 Seiten

**Das Weihnachtsbuch.** Mit alten und neuen Geschichten, Gedichten und Liedern. Ausgewählt von Elisabeth Borchers. it 046. 296 Seiten

**Das Winterbuch.** Gedichte und Prosa. Ausgewählt von Hans Bender und Hans Georg Schwark. it 728. 253 Seiten

**Charles Dickens, Die Weihnachten des Mr. Scrooge.** it 4062. 145 Seiten

**Charles Dickens, Weihnachtserzählungen.** it 358. 503 Seiten

**Die schönsten Weihnachtsgedichte.** Ausgewählt von Gesine Dammel. Gebundene Sonderausgabe. it 3228. 94 Seiten

**Die schönsten Weihnachtsgedichte.** Ausgewählt von Gesine Dammel. it 2580. 122 Seiten

**Die schönsten Weihnachtsgedichte.** Ausgewählt von Gesine Dammel. it 4067. 128 Seiten

**Die schönsten Weihnachtsgeschichten für Kinder.** Ausgewählt von Günter Stolzenberger. Mit farbigen Illustrationen von Claudia Weikert. it 3442. 181 Seiten

**Die schönsten Weihnachtsgeschichten.** Ausgewählt von Gesine Dammel. it 2830. 144 Seiten

**Die schönsten Weihnachtsgeschichten.** Ausgewählt von Gesine Dammel. Gebundene Sonderausgabe. it 3229. 114 Seiten

**Die schönsten Weihnachtsgeschichten.** Ausgewählt von Gesine Dammel. it 4066. 127 Seiten

**Die schönsten Weihnachtslieder.** Ausgewählt von Wolfgang Schneider. Gebundene Sonderausgabe. it 3231. 127 Seiten

**Die schönsten Weihnachtsmärchen.** Ausgewählt von Gesine Dammel. Gebundene Sonderausgabe. it 3230. 117 Seiten

**Fröhliche Weihnachten.** Ausgewählt von Kathrin Grothe. it 3384. 156 Seiten

**Fröhlicher Advent.** Geschichten, Gedichte und Rezepte. Ausgewählt von Gesine Dammel. it 3459. 191 Seiten

**Geheimnisvolle Weihnachten.** Ausgewählt von Thomas Walldorf. it 3387. 161 Seiten

**Geschichten vom Nikolaus.** Gesammelt von Felix Karlinger. it 1769. 146 Seiten

**Hermann Hesse, In Weihnachtszeiten.** Betrachtungen, Gedichte und Aquarelle des Verfassers. Ausgewählt und mit einem Nachwort von Volker Michels. it 2418. 118 Seiten

**Hermann Hesse, Weihnachten.** Betrachtungen und Gedichte zur Winter- und Weihnachtszeit. Ausgewählt und mit einem Nachwort versehen von Volker Michels. it 3302. 106 Seiten

**E. T. A. Hoffmann, Die Abenteuer der Silvester-Nacht.** Mit farbigen Illustrationen von Monika Wurmdobler. it 798. 80 Seiten

**Marie Luise Kaschnitz, Weihnachten.** Gedichte und Geschichten von der Heiligen Nacht und vom Winter. Ausgewählt von Iris Schnebel-Kaschnitz und Wolfgang Schneider. it 3305. 124 Seiten

**Katzen im Schnee.** Ausgewählt von Gesine Dammel. it 4063. Etwa 180 Seiten

**Märchen zur Weihnacht.** Ein Hausbuch für groß und klein. Ausgewählt von Franz-Heinrich Hackel. it 1649. 292 Seiten

**Merry Christmas!** Die schönsten Weihnachtsgeschichten aus England. Ausgewählt und übersetzt von Ria und Günther Blaicher. it 3301. 255 Seiten

**O Tannenbaum.** Geschichten und Gedichte. Ausgewählt von Gesine Dammel. it 2972. 120 Seiten

**Alexandros Papadiamantis, Die Heilige Nacht auf dem Berg.** Eine Weihnachtsgeschichte. Aus dem Griechischen von Andrea Schellinger. Mit einem Nachwort von Danae Coulmas. it 2419. 94 Seiten

**Jean Paul, Die wunderbare Gesellschaft in der Neujahrsnacht.** Erzählungen. Ausgewählt und mit einem Nachwort versehen von Hermann Hesse. it 2262. 139 Seiten

**Rainer Maria Rilke, Weihnachten.** Briefe, Gedichte und die Erzählung »Das Christkind«. Ausgewählt und mit einem Nachwort von Hella Sieber-Rilke. it 2865 und it 3303. 114 Seiten

**Joachim Ringelnatz, Weihnachten.** Ausgewählt und mit einem Nachwort von Ute Maack. it 3304. 95 Seiten

**Romantische Weihnachten.** Ausgewählt von Wolfgang Schneider. it 3386. 166 Seiten

**Schlaf in tödlicher Ruh.** Weihnachtliche Kriminalgeschichten. Ausgewählt von Carolin Bunk und Hans Sarkowicz. it 3382. 177 Seiten

**Sonnige Weihnachten.** Ausgewählt von Peter Wenzel. it 3385. 139 Seiten

**Theodor Storm, Knecht Ruprecht.** Mit einem Nachwort von Nadja Enzmann und Karl Kröhnke. Illustriert von Rolf Köhler. it 2261. 55 Seiten

**Theodor Storm, Unter dem Tannenbaum.** Geschichten und Gedichte. Herausgegeben von Gottfried Honnefelder. Mit den Illustrationen der Erstausgabe von Otto Speckter und Ludwig Pietsch. it 1042. 163 Seiten

**Felix Timmermans, Sankt Nikolaus in Not.** it 2023. 34 Seiten

**Robert Walser, Der Schnee fällt nicht hinauf.** 33 Gedichte. Ausgewählt und kommentiert von Urs Allemann. it 3449. 107 Seiten

**Robert Walser, Tiefer Winter.** Geschichten von der Weihnacht und vom Schneien. Herausgegeben und mit einem Nachwort von Margit Gigerl, Livia Knüsel und Reto Sorg. it 3326. 167 Seiten

**Weihnachten der Elche.** Ausgewählt von Inka Hagen. it 3635. 170 Seiten

**Weihnachten für Gestreßte.** Ausgewählt von Peter Wenzel. it 3638. 125 Seiten

**Weihnachten für Kinder.** Mit Geschichten, Gedichten und Bildern. Ausgewählt von Elisabeth Borchers. it 156. 287 Seiten

**Weihnachten mit Hermann Hesse.** Ausgewählt von Volker Michels. it 3640. 109 Seiten

**Weihnachten mit Hund.** Ausgewählt von Eva Demski. it 3460. 108 Seiten

**Weihnachten mit Hund.** Neue Geschichten. Ausgewählt von Gesine Dammel. it 3637. 155 Seiten

**Weihnachten mit Joachim Ringelnatz.** Ausgewählt von Ute Maack. it 3642. 101 Seiten

**Weihnachten mit Katze.** Ausgewählt von Gesine Dammel. it 3461. 101 Seiten

**Weihnachten mit Katze.** Neue Geschichten. Ausgewählt von Mario Leis. it 3636. 156 Seiten

**Weihnachten mit Morgenstern.** Ausgewählt von Ute Maack. it 3639. 111 Seiten

**Weihnachten mit Rainer Maria Rilke.** Ausgewählt von Hella Sieber-Rilke. it 3641. 116 Seiten

**Weihnachten ohne Gans.** Ausgewählt von Gesine Dammel. it 4064. Etwa 180 Seiten

**Weihnachtsgedichte aus tausend Jahren.** Ausgewählt von Gesine Dammel. it 2785. 128 Seiten

**Weihnachtsgedichte und Weihnachtslieder für Kinder.** Ausgewählt von Sabina Berchtold. Mit Illustrationen von Claudia Weikert. it 3441. 159 Seiten

**Weihnachtsüberraschungen.** Geschichten. Ausgewählt von Gesine Dammel. it 3068. 141 Seiten

**Welch ein Fest.** Ausgewählt von Gilda Donata und Hubert Selig. it 4065. Etwa 340 Seiten

**Winterfreuden.** Ausgewählt von Susanne Gretter. it 3446. 197 Seiten

**Wundersame Geschichten von Engeln.** Gesammelt und übertragen von Felix Karlinger. it 1226. 133 Seiten

**»Was für ein ergreifender Roman über die Wunder des Lebens.«** ***Freundin***

Äthiopien in den sechziger Jahren: Die Zwillingsbrüder Marion und Shiva wachsen nach dem Tod ihrer Mutter und dem spurlosen Verschwinden ihres Vaters als Waisenkinder im Missionskrankenhaus heran. Beide sind unzertrennlich und wollen, wenn sie erwachsen sind, selbst Ärzte werden. Während Marion von seinem Ziehvater in die Chirurgie eingewiesen wird und die Schule besucht, bildet sich der hochbegabte Shiva autodidaktisch zum Arzt aus. Erst die Liebe zur selben Frau lässt die beiden Brüder zu Rivalen werden. Marion flieht aus dem von Unruhen erschütterten Land in die USA, wo er in seiner Arbeit als erfolgreicher Chirurg in einem New Yorker Krankenhaus aufgeht. Doch dann holt ihn die Vergangenheit ein, und er muss sein Leben in die Hände der beiden Männer legen, denen er am wenigsten vertraut: seinem Vater, der ihn im Stich gelassen, und seinem Bruder, der ihn betrogen hat.

**Abraham Verghese, Rückkehr nach Missing.** Roman
Aus dem Amerikanischen von Silvia Morawetz. insel taschenbuch 4000.
841 Seiten

**Eine Geschichte von Abenteuerlust und weiblichem Freiheitsdrang.**

Ein Neuanfang sollte es werden, als Harriet und Joseph Blackstone von England nach Neuseeland aufbrachen. Von einem Leben in Wohlstand träumten sie, aber als Joseph im Fluss neben seinem Haus einen Schimmer von Gold entdeckt, kennt er nur noch ein Ziel. Er lässt Harriet und seine Mutter zurück und macht sich auf zu den Goldfeldern, zusammen mit vielen anderen Glückssuchern. Auf der Suche nach ihrem Mann reist Harriet ihrem eigenen Traum entgegen.
»Rose Tremain schreibt die besten historischen Romane unserer Zeit.«
*Evening Standard*

**Rose Tremain, Die Farbe der Träume.** Roman
Aus dem Englischen von Christel Dormagen. insel taschenbuch 4002.
459 Seiten